11월

11월

성기완 시집

2021
문학실험실

009　　서시

　　　제1주 닮은꼴Ein Gleiches

013　　　　10월 31일 일 10103776 295

015　　　　11월 1일 월 씨앗 낱말들

017　　　　11월 2일 화 전체 동의 클릭

021　　　　11월 3일 수 레이어-2 블록체인 불가지론 유동성 프로토콜

024　　　　11월 4일 목 별지 제204호 서식 현장 감식 결과 보고서

027　　　　11월 5일 금 S diary

029　　　　11월 6일 토 Flight to 제주 7C 121

　　　제2주 minted

037　　　　11월 7일 일 플레이리스트 1

041　　　　11월 8일 월 일치하는 검색 결과가 없습니다

044　　　　11월 9일 화 안무 수정 사항 shift-alt-del

046　　　　11월 10일 수 합주/별나무 R룸/21시 달 세뇨

050　　　　11월 11일 목 은하 銀河

061　　　　11월 12일 금 충전 수단 - 이용 안내 - 모바일 티머니

064　　　　11월 13일 토 cook book

제3주 오빠 아빠야?

071   11월 14일 일 플레이리스트 2

077   11월 15일 월 #해시태그

079   11월 16일 화 새벽 네 시 육 분

083   11월 17일 수 인시 암스테르담 비 인욕 무진 음력 시월 열나흘

086   11월 17일 수 술시 제주빠삐용

092   11월 18일 목 신분증 사본 통장 사본 사진 음반 유에스비

097   11월 19일 금생수 수생목 목생화

100   11월 20일 토 행복 드리는 콜센터

제4주 모든 면에서 불행한 양 떼

113   11월 21일 일 kumba님의 추억입니다

115   11월 22일 월 급여명세서 바로가기

118   11월 23일 화 거제시 아주동 수제어묵 품평회 참가신청서

123   11월 24일 수 컴퓨터 크리에이션 3 보강 공지

126   11월 25일 목 하드포크

129   11월 26일 금 S 메일들

132   11월 27일 토 ☆혜는 밤 슈베르티아데

제5주 손 없는 날

137   11월 28일 일 상당구 음쓰감 표창패

139   11월 29일 월 '여행은 어땠니'의 녹음 세션

142   11월 30일 화 너 사라지는 걸 남김없이 다 보고

148   12월 그 후

152   시인의 말

154   感 • 모든 언어는 회색, 영원한 것은 저 푸른 생명의 리듬_최규승(시인)

서시

기계어의 지배
시그널의 우위
S
나에게 다가가자
아주 조금만이라도

제1주

·

닮은꼴

Ein Gleiches

—

10월 31일 일 10103776 295

사슬 활성화를 기다리세요.

please wait for chain activation.

해시값 hash value

0kum01ba4cb1d019e1967se6x91u0ng4y27h2

00102la4mo693u47rm350121u39ch

11월은 블랙홀이다.

의식과 무의식의, 과거와 현재의, 여기와 저기의

다시 말해 몽홀의

어른거리는 감정의 난수표들을

11월의 일정표 안에 표시한다.

상태 Status: 모든 것의 1인칭

성공 Success

블록 Block: 모든 것에 관한 1인칭

10103776 295

블록 인증 Block Confirmations

11월 1일 월 씨앗 낱말들

마지막 로그인: 2021년 11월 1일 월 06:51:32 on toii003

seed words: 산양 몽홀 사랑 긴 개울 전율을 딱 맞춰 천식의 윗동네 여자 경제 날아라 부드러운 허들 장미 꿈꾸는 이야기 허벅지 토성 신선해 제3의 전투 꿀땀나 capricorn trance love long stream thrill synchronize asthma uptown woman economy fly tender hurdle rose dreamy story thigh saturn fresh third battle honey sweat

제발 이 암호를 기억하기 위해 낱말 단위로 띄어쓰기하여 어딘가에 적어 놓으세요.

Please type your mnemonic (separated by spaces)

to confirm you have written it down.

울타리 빛 쌍둥이 띠 남쪽 계곡을 겪어 필터 혀로 뻑가는 리듬은 내일로 fence ray twin band south experiece valley filter tongue stoned rhythm tomorrow

상태 Status: 먼지의 무의식과 내 무의식의 같음
성공 Success

[{"공개 열쇠 pubkey": "a24e36d30schna419a57 neulc3a23fe2917b45321a4052c8456b50204f3ka 9f684bcdka27dd92673b33056ac2ac909e4", "서명 signature": "b0f8e64f82d827ji7bc95813bdc81c6f de0d0b24mi4d3adafb6c96e9hend01846a1ab64c 9c2f1ebe89bc157e3d744a420a29663a61cb9a37 0da7ba88d007d015fb87f4cbd0c4f249f13af7a2d e50b36395e63a6718c13e53508c63cc2abef916", "fork_version": "00000000", "eth2_network_ name": "mainnet", "deposit_cli_version": "1.1.0"}]

11월 2일 화 전체 동의 클릭

계약 번호 에르고노믹스 ergonomics M2021K
671105

맥스 미니멈 어디부터 어디까지 공격 감쇠 지속 소멸
ADSR attack decay sustain release 파라미터에 기
초한 인간학이 성립하는 순간 인류는 리비도 중세를 맞
이한다 랜덤한 모래밭에 흩어진 조개껍질 또는 조개껍
질의 역사를 급습한 광물학 궁극적으로는 탄소 정의 탄
소 알갱이 우주에 흩어진 모래알들 그러나 그 조합으로
비롯된 생동감과 기억은 무엇으로부터 데이터화되고
어디까지 저장되며 왜 다시 흩어지는가 줄여 말하면 왜
생동감이라는 게 어느 단계에서 자각되는가

황학동에서 너를 만난 날

넌 내 새끼

난 니 새끼

위 내용에 동의합니다.

전체 동의 클릭

계약 내용 전송 클릭

이메일

우편

계약기간 2021년 11월 2일 0시부터

데이터 함께 ON 설정

기간 중복은 불가능합니다.

리뷰

별 5개

황학동 돌레코드

장당 5,000원 중고 바이닐

슈베르트 괴테 곡집 디트리히 피셔-디스카우 노래

외르그 데무스 반주 Franz Schubert Ein Goethe-

Liederabend Dietrich Fischer-Dieskau Jörg
Demus
   고이 접혀 들어 있는 오래된 공연 전단
   전단의 뒷면 왼쪽에는 볼펜으로 써놓은 메모

Sein Giro 5050170 cl 58

22 juni 1980

2 x balkon 1e39

ca 100 (links)

오빠 맘이 그래

당신만의 맞춤 서비스

잔여 데이터 무제한

VIP/99360 포인트

닮은꼴들의 미세한 오차와 겹

이 자각의 역사를 파라미터로 치환할 때 환멸은 어떻

게 변수가 되는가 에르고놈 세포에서 감지되는 임의의
펄스파 욕망의 덩어리 인체의 정중면을 중심으로 모든
세포의 결합 관계는 대칭적이라는 이 비약을 에르고노
믹스는 어떻게 다루는가

너를 사랑한다기보다는
그렇게 된

11월 3일 수 레이어-2 블록체인 불가지론
유동성 프로토콜

꿈은 한 번만 사용하는 숫자

내 소관이 아니니

number only use once

논스 nonce

명령어 안내(C) 도움말(H) 초기화면(T) 이동(GO)

종료(X)

선택〉

60 연합뉴스 1999/06/30/12:06 2 개인 도메인 신

청 첫날 폭주

61 한국일보 1999/06/30 14:29 3 [염경환-지상렬]

하루가 다르게 크는 '클놈'

이건 사랑이 아니죠?

당신이 제게 주신

쓸쓸함

쌩뚱맞은 나의 눈물쑈

시인에게 쑈는 어느 순간 현실이 되고

과잉의 상태는 순수한 불꽃이 된다

기사 입력 2002.08.28. 오후 5:20

구조선 뜻대로 시큰둥 더블잭 영앤영 제길종 크룹스

객단가 생매장 유기질 코코엘 쳐집사 지지바 먹벼루 서

초댁 대구탕 공룡알 러브필 수로왕 크림슨 오목교 줍줍

공주 희번덕

대표이사: 마무드 네가반

전화번호: 02) 300-7000

담당자 황선영

불꽃이 니 삶에 번져 들불이 될 것을

라마냐에서 밤차를 타고 온

전갈좌의 여인

　점심때가 되어 S는 시장기를 느꼈다. 그래서 라마냐

의 긴 2차선 도로 한 쪽 편에 있는 백암 왕순대로 들어

갔다. 그는 순댓국 하나를 시키고 나서 화장실이 어디냐

고 물었다. 종업원은 키를 건네주며 문을 나가 건물 밖

오른쪽 맨 끝의 철문을 열고 들어가라고 했다. S는 시키

는 대로 했다. 철문 안에서는 역한 냄새가 났다. 화장실 안에는 세면대도 없었는데 거울이 하나 있었고 거울을 바라보는 사람이 한 명 있었다. S는 거울을 바라보는 그에게 물었다.

어떻게 들어왔소?

라마냐Lamagna는 브라질의 리우 앞바다에서 3,000킬로미터 떨어진 바다 깊숙한 곳에 있는 비밀의 섬이다. 그리로 들어가는 현실적인 문은 없다. 그러나 열쇠는 있다. 열쇠는 실수다. 가끔 뇌는 2의 십오 제곱 번째 시퀀스에서 현실의 길을 놓치고 라마냐의 열쇠를 돌린다. 거기서 처음 S를 만났다.

11월 4일 목 별지 제204호 서식
현장 감식 결과 보고서

감식 일시 시작 1980. 12. 17. 수 15시 25분 종료 17시 15분 기상 상태 비

암스테르담 경찰청 형사과 APDDBAmsterdam Police Department Detective Bureau의 감식반장인 토에르 반 단치히 Toer van Dantzig가 감식반원 아네케 얀센Anekke Jansen을 대동하고 현장에 도착했을 때 폴리스라인 안쪽에서 음악 소리가 들렸다. 토에르는 기분이 언짢았다. 누가 현장에 이따위 음악을 틀어놓은 거야. 아니, 더 근본적으로는, 어느 놈이 나보다 현장에 먼저 진입했단 말인가.

주소 맞아?

토에르는 순간 자기가 잘못 찾아왔나 싶어 아네케에게 그렇게 물었다.

1092 AP 오스터파크뷔어Oosterparkbuurt. 맞는데요.

아네케는 반장의 기분을 아는지 모르는지 집 보러 온 사람 마냥 들떠서 현장에 진입하려 했다. 공원 근처인 오스터파크뷔어의 이 아파트는 지어진 지 100년이 다 돼가는데도 여전히 앙증맞고 섹시하다.

이거 월세가 얼마일까? 1,000길더는 넘겠죠? 나도 이런 집에서 살고 싶어요 반장님.

거실이 넓고 시원하게 빠진 남향의 복층 아파트였다. 음악 소리 때문에라도 여기가 사건 현장이라는 사실이 잠시 잊혀졌다. 솔직히 반장도 아네케와 비슷한 심정이 었지만 냉정하게 대답했다.

현장에 진입할 땐 꼭 시계를 보라고 했잖아. 지금 몇 시 몇 분이야? 그리고 혈흔 형태 분석 보고서 챙겼지? 혈흔 상황을 장소별로 묘사해야 하기 때문에 꼭 현장에 서 작성해야 해.

조금 풀이 죽어 네, 하고 대답하면서 시계를 본 아네 케는 15시 25분, 하고 중얼거리며 자기도 모르게 공원 의 비 맞는 나무들이 내려다보이는 창가에 배치된 소파 를 향해 가다가 멈칫했다. 소파에 파묻혀 잘 보이지 않 았지만 한 사람이 거기 앉아 있었다. 노란색 라벨을 달 고 턴테이블을 무심히 회전하는 검은색 음반에서 격조

있는 중저음의 노랫소리가 울려 퍼지고 있었다. 소파의
남자는 턱을 괴고 눈을 감은 채 음악 감상에 열중하다
가 실눈을 떴다. 방해받고 싶지 않았지만 하는 수 없다
는 듯 육중한 몸을 일으켜 세워 악수를 청했다. 잠깐 우
그러들었던 소파가 부풀어 오르며 탁탁 소리를 냈다.

LVGLaboratorium voor Gerechtelijke(사법병리학 연구소)의 루
디 반 샤이크Rudi van Schayk라고 합니다. 발레단 단장 한
스 반디크Hans van Dijk 씨의 요청으로 파견 나왔습니다.

발레단?

아네케는 그 큰 눈을 더욱 크게 뜨며 짧게 외쳤다.

11월 5일 금 S diary

S에 관해 쓰려 한다

S는 여럿이다

S에 관해 쓰는 나도 여럿이다

S는 존재이자 관념이고 행동이다

S는 S와 닮은꼴인 S와 S하는 S다

11월 1일에 S를 만났다

S는 전갈좌의 여인 또는 전갈

S는 산양좌의 남자 또는 산양

S는 발레리노 또는 동그라미

S는 거울 속의 S를 사랑하는 SƧ

S가 작대기를 쥐고 만 년 전으로부터 내려온다

S가 캘린더 모양으로 네모나게 증식한다

S와의 약속 약속들 S가 배회하다 S가 된다

그날의 S는 상처 입은 독수리

S는 S와 S를 했다

S는 S를 S했다

S와 11월은 동격이다

S는 S를 예약한다 S는 예약제다

11월 6일 토 Flight to 제주 7C 121

Take G shuttle
앉은뱅이 상에서 붉은 연어회와 매화주를 먹다가
서로의 발이 닿았다
그때 들린 소리는
물소리인 것도 같고
물 위에서 1분간 걷기
연녹흙빛 눈 속
눈떠보니 연홍녹빛
사진 하나 찍어요 사진
그 속으로 들어가
트럭 몰고 애리조나
단팥꽃 호박꽃 후르츠 나발머리
눈꺼풀 위의 지도에 표시된 섬

혀

바늘

측면 와인딩

월브룩 로자 파크 역에서 내려서(14분, 6 정거장)

S에게서 S를

알게 됐다

그날의 S

검은 팬티스타킹 상처투성이의 양

C 라인 전철을 타고 그린라인 셔틀을 탈 수 있는

사슴

내 몸은 들판

벽화에서 본 표정

G 셔틀 정류장에서 7 터미널 1층까지

내레이션

와인 향

목소리

침대 끝

이륙합니다

바다야바다야바다야

푸르르게 넓은 멍

하늘도 바다도
푸르르게 넓은 멍
지워져가
시간이 흐르고
지워질 만큼의 멍
아프다 말겠지
잠에 빠져서
꿈을 꾼다
꿈속에서 나는 명곡을 쓴다
끝도 없이
소리가 다가오는 순간 노래로 변신한다
알고리즘적 도구와 목소리
오케스트라를 위한 랩소디
강남 심포니 연주
지휘 성기선
망각의 자유 동산을
엄연한 문헌학자에 맡기고
합반
야외 수업
미래에서 오신 분들 환영합니다

분출을 위한 처녀 듀얼 비행

당신이 가장 사랑하는 연습곡은?

S가 고민하고 있다

1980년 6월 23일 월요일의 일을 어떻게 탑승시킬지

S는 미래에서 왔다 S의 미래는 그러므로

과거에 새겨져 있다

오늘의 과제입니다

캄브리아기 대폭발

근거 없는 희망을 제출하시면 안 되구요

신토불二 신토分離

당신의 신뢰 기계

논스값 nonce value

```
〈script nonce="rAnd0m"〉
    doWhatever();
〈/script〉
```

문이 열립니다

그날의 S

그다음 날의 S들

S들의 그다음 날들

망사처럼 촘촘한

다다음의 나날들

생리 막바지의 흙냄새

우주를 갈아엎는 침대 끝

우리는 모든 길고양이가 그렇듯 내내 청순했다 처음 키스를 나눈 건 더 전이었다 그때 아직 S는 S가 아니었다

서로에게 열리자 S는 S를 했다

S는 S와 서로를 했다

S가 S에 탐닉하는 건 쉽지도 어렵지도 않은 일이었다 동시에

나방이 불길에 휩싸이는 것만큼 피하기 힘든 일이었다

S

나를 단 한 번만 사용해

#useonlyonce

S는 고개를 끄덕였다

제2주

·

minted

11월 7일 일 플레이리스트 1

그 노래

좋아요 표시한 곡

MacIntosh MA 230 2589162

Celestion DL 10 Series Two 386423 (L)

Celestion DL 10 Series Two 386432 (R)

놓여 있는 것들

Coffy Is the Color, Roy Ayers 3:04

혼자 언덕을 넘느라 등이 활처럼 휘는

오랜 적의가 쌓이고 쌓여

눈가에 생긴 절대 지워지지 않을 깊은 그늘

그러나 말에서 내리는 느린 총알

Slow Bullet, The Next Step 1:19

아주 미세하게

모든 대답을 할 때 소스라치게 놀라는 듯

매우 짧은 시간 동안 자기도 모르게 노려보는 눈동자
가 되는

말들이 11월의 찬바람을 피하느라 서로 머리를 맞대
고 둥그렇게 모여 얼굴을 비비고 있었다

어떻게 여기까지 버티고 왔을까

볼륨을 줄이기 위해 버튼을 찾느라 하얀 옷을 입은
몸이

부드러운 ㄱ자처럼 구부러졌다

그녀는 아직 지친 상태가 아니었다

노래는 쏜살같이 앞산을 향해 달려 해 지기 전에 거
기 도착했다

Fear Not for Man, Fela Kuti 14:14

얼얼한 통증을 미세하게 느낄 때쯤 노래는 길고 가는
왼손 검지와 중지를 움직였다

말들은 특유의 짧은 기합과 함께 정상에 올라 쾌락의
리듬을 타고 진저리를 치기 시작했다

　코러스 부분에서 한 서너 번 더킹이 있은 후
　바람 스치는 감촉과 깊은 뿌리 리듬의 충만함을 이중
으로 느끼며
　불사조가 되어갈 무렵

By the Time I Get to Phoenix, Isaac Hayes
18:44 뜨거운 버터 흥건한 Soul
　완전히 일그러진 기괴한 표정
　음악에 빠져 허우적대는 표정
　높이 올라 황홀해진 표정
　그 모든 표정이 고통과 기쁨 속에서 버무려졌다
　노래의 순간은 길지 않지만
　그 짧은 동안에 만나는 시간의 진폭은 놀라웠다

　그리고매우멀어바다같아요/도라지타령, 성기완 3:47
　캠핑장에서 공민왕을 만났다 인적도 끊겨 적막한 청
량산 깊은 산중에 흰 버섯 한 뿌리가 홀로 피어 있다 독
인지 꿈인지를 품고 있는 모시적삼버섯은 썩은 나무뿌
리의 호위를 받으며 이슬땀을 흘린다 왕의 맺힌 넋이
가쁜 숨을 넘기기 직전이다 버섯의 하얀 갓이 빙빙 돌

며 영원히 그 시간을 반복한다 이 장단의 탄력으로 버섯은 지키고 있다 옛 왕국을 사라진 나라를 온몸이 불에 덴 듯 뜨거운 연인의 나신을 아름다운 친구들의 무리진 그림자를

11월 8일 월 일치하는 검색 결과가 없습니다

취조가 시작됐다.

3BD000001F8049068FA6E134와(과)

제안:

당신은 내게 왔습니다

모든 단어의 철자가 정확한지 확인하세요.

그렇다 그렇지 않다 보통이다

다른 검색어를 사용해보세요.

나를 지켜줘요

더 일반적인 검색어를 사용해보세요.

카드로 정리된 책들의 무작위성 또는 학문으로부터

의 자유

이용자가 약관에 동의하지 않으실 경우 서비스 이용

을 중단하고

퇴근하다가 전철 앱을 연다

위 내용에도 불구하고 모바일 앱 접속 및 사용을 계
속할 경우

행선지의 갑작스러운 변화

이용 약관 및 개인 정보 취급 방침

이승에서 저승으로

위 내용에 동의하지 않으시면

무작위 데이터의 도서관

전체 동의 버튼을 눌러 이용 약관에 한꺼번에 동의하
는 편이다

또는

사랑했던 거 하며

미워했던 거 하며

잘못했던 거 하며

이용 약관을 읽지 않고 동의하는 편이다

누군가의 귀한 플로베르

안녕하세요 생년월일을 말씀해주시겠습니까?

이제 잘 거야?

난 잠이 안 와

우리는 문을 닫았어요 그러자 밖에서 비가 내렸죠 비

는 누에고치처럼 우리를 따뜻하게 보호했고 사람들은
우리를 보지 못했던 거고 그래서 그 문은 비밀의 문이
되었다 이겁니다 우리는 빗속에서…

　그게 아니지? 처음부터 다시!

　우리는 그 문안에 있었어요 그 담에 한참 동안 공간
이동을 했고 추억의 장소 A에서 추억의 장소 B로 다시
추억의 장소 C로 C에서 공간 이동을 멈추었나 거기서
우리는 서로를 바라보았을 거예요 그러자 밖에서 비가
내렸고 사람들의 발자국 소리가 가물가물했는데 비가
누에고치처럼 우리를 따뜻하게 보호했어요 그래서 사
람들이 우리를 보지 못했나 봐요 그때 그 문은 비밀의
문이 된 거죠 우리는 빗속에서…

11월 9일 화 안무 수정 사항 shift-alt-del

말하자면 기나긴 시간 속에서 다운 템포로 하강하는 넌 리니어한 그림 같은 거. 안무를 설명하며 S가 S를 건드린다.

못 견디게 추웠다 구 바스만나야 거리로 통하는 진입로의 교통은 통제됐다 지난번 온 눈의 무게를 견디지 못하고 나무가 길 쪽으로 쓰러질 때 S는 버스 안에 있었다 하마터면 나무가 버스를 덮칠 뻔했다 이르쿠츠크로 가는 길이었다 나무가 땅에 쓰러질 때 나는 쿵 소리보다 더 놀라웠던 건 그 직전의 소리였다 나무의 척추가 부러지는 그 치명적인 순간에 S는 S를 부둥켜안았다 나무 꺾이는 소리가 비명 소리 같다는 걸 처음 안 건 그때였다 S는 귤색의 이부자리를 귤밭에 깔고 S를 눕혔다 지난겨울 얼어 죽은 귤나무의 뿌리가 꼬리뼈가 되었다

꼬리뼈를 다쳤다 귤들의 원망 매달린다는 것의 한가로
운 고통 불길을 보며 S는 벌써 젖어 있었다 S는 S를 둘
러싸고 있는 펜스를 붙들게 하고 뒤에서 벗겼다 S는 등
에 진 지게로 살덩어리를 하나 가득 감당했다 S의 수고
를 쾌락으로 바꾸는 건 훨훨 타오를 불에 대한 상상과
기대감뿐이었다 S의 허리가 그때처럼 뒤로 꺾였다 노
동의 대가는 짜릿한 회초리 같았다 S는 처음부터 알고
있었다 S는 스스로 일렁이는 불길이었다 S가 상대하는
건 그 S였다 온도가 높아지자 액체도 가차 없이 재가 되
었다 S의 춤은 그치지 않았다 S는 S와 타들어가며 끝도
없이 쓰러졌다

    chflags hidden /folder

11월 10일 수 합주/별나무 R룸/21시 달 세뇨

밤이 되었다

지나갔고

새벽이 되었다

지나갔고

아침이 되었다

지나갔고

대낮이 되었다

지나갔고

오후가 되었다

배가 고팠다

S는 경주마였다

세뇨^{segno} 멀리 광야의 들판에서 풀을 뜯던 녹색 갈기

의 경주마가 무서운 속도로 달려와 발기한 자신을 보여

주었다 말은 푸르르 푸르르 연거푸 입술을 떨었다

S는 밥을 먹었다

S도 같이 먹었다

S는 알몸으로 ‖: 마당에 나와 담배를 피웠다 담배 연
기가 거대한 젖가슴처럼 솟아올라 오름이 되었다

밥을 먹으니 허기가

지나갔고

저녁이 되었다

지나갔고

다시 밤이 되었다

지나가지 않고

계속 밤이었다

하루 종일 밤이었다

새벽 아침 대낮 오후 저녁 허기 담배 연기 피네fine

지나갔고

하루 종일 밤이었다

S는 오름과 문턱을 신체 안에 두었다

S는 그날따라 검은 스타킹을 신었다

거무스름한 현무암질

물이 촬촬 흐르는 곶자왈

산책로가 나왔다

밤이 되었다

지나가지 않았고

새벽이 되었다

지나가지 않았고

아침이 되었다

지니기지 않았고

대낮이 되었다

지나가지 않았고

오후가 되었다

배가 고팠다

S는 배가 고프다고 했다

S는 밥을 먹었다

S도 같이 먹었다

S는 알몸으로 :‖

밥을 먹어도 밤은

지나가지 않고

허기가 되었다

밤에 밥을 먹어도

계속 밤이었다

밤이 되었다 밤은

지나가지 않고

새벽이 되었다 밤은

지나가지 않고

아침이 되었다 밤은

지나가지 않고

대낮이 되었다 밤은

지나가지 않고

오후가 되었다 밤은

지나가지 않고

저녁이 되었다 밤은

지나가지 않고

배가 고팠다

S는 배가 고프다고 했다

S는 밥을 먹었다

S도 같이 먹었다

S는 알몸으로 달 세뇨^{dal segno}

11월 11일 목 은하 銀河

심홍색 안타레스 600광년

minted

https://zora.co/0x963b750C574a0a054a3A19440f67196D8183eebA

Graphic Poem "은하 Mademoiselle Galaxy", 1st Copy of the 1st Edition, written by Kiwan Sung aka Kumba, designed by Soo Kyung Lee. Korean and English translated version graphically hybrid. #성기완 #kiwansung #kumba #은하 #mademoisellegalaxy #이수경 #sookyunglee

MademoiselleGalaxy1stEdition1_5©KiwanSung

You are about to release "Mademoiselle Galaxy1stEdition1_5ⒸKiwanSung" to the world.

Every time it is sold, you will receive 20% of the sale price.

Once it is published, you will not be able to update any of the details you've provided.

https://zora.co/kumba/2929

은하 銀河

은하는 너의 이름이다
또는 낡은 아파트의 이름이다

銀河
새벽이다
은하는 아침을 머금고 있다

너는 아침이고 지금 나는 새벽이다

새벽이 미세먼지 가득한 공기 사이로 은하를 바라본다

그는 그렇게 은하를 향해 팔을 뻗어

은하가 즐겨 하는 검은 톤의 화장을 지우려 한다

새벽은 은하의 친절한 연인 아니면

신원 미상의 최애 시녀

분칠한 우주가 뿌옇다

화장을 지운 너는 아침이 되고

새벽은 밤의 언저리에서 우물로 물러선다

우물이 깊다

새벽의 모든 나날들이

하루하루

우물 안으로 들어가 잠을 잔다

꿈속에서 물은 자주 중력의 법칙을 어기며 등장한다

그 흐름은 은하의 갈비뼈 부근에서 멀어져 바다가
된다

은하의 은밀함을 간직한 미역 냄새나는 바다

은하는 축축하다

너는 젖을 준비가 되어 있다

완전 습하다

銀河는 그 축축함으로 달 덩어리를 생산한다

은하의 동굴 입구에 미역들이 장식되어 있다

조심해

미끄러지면 검은 화산석들에 찍혀 피가 샘솟아

복도에 뚫린 피의 우물에서

해변으로 밀려온 미역들이 백사장에 누워 휴식한다

백사장의 몸매가 탐스럽다

은하는 머리를 기른다

은하의 머리칼은 길고도 길어

길이 된다

은하

기억하니

검은 돌을 너의 하얀 손가락으로 집어 올려

내게 권했던 걸

검은 돌들은 의외로 가벼웠다

그 가벼움은 구멍들 때문이고

미세하게 뚫린 구멍들을 자세히 들여다보면

수십만 년 전 바로 그날

바로 오늘

뜨거움을 견디지 못해 작게 폭발한

무수한 기포의 입들이 보여
너무도 선명한 모양으로
각기 다른 모음을 절규하며 발음하다가
굳어버린 입술
아아아아아
오오오오오
그 절정의 모음들

銀河
새벽이 한창이다
풍경은 자신을 차곡차곡 말아
어느덧 두터운 두루마리 문서가 되어 있다
수십억 년 동안
말아도 말아도 펼쳐지고
펼쳐도 펼쳐도 말리는
단지 거리가 좁혀지거나 넓어질 뿐
얇디얇은 부챗살 안으로 꾸겨 넣어도 넣어도
풍경은 자꾸 그 안으로 들어간다
부채를 펼쳐도 펼쳐도
더 작은 스펙트럼의 빛살이 나타나

시간을 말아 넣는다

시간의 두루마리를 쪼개진 빛의 살 속으로

말고 또 말아서

접고 또 접어서

펼치고 또 펼친다

그렇게 아주 작은 겹의 장면들로 분할된다

그 분할은 기억의 다른 이름이다

가령 은하야 기억해?

너의 쇄골 아래로 비스듬히 돌아가는

작은 골목 어설픈 담벼락 밑의 푸른 이끼를

지난여름 그 이끼는 꽤 무성할 듯싶었다

은하가 샤워할 때 소비한 빗물들이

이 지나치게 좁은 비탈길로 흘러넘쳤기 때문이다

그 물결의 진앙으로 거슬러 올라가면

은하

너의 뒤로 능선이 보인다

저 멀리서 오리온이 활 쏘는 연습을 하고 있다

한겨울이다

푸른 잎사귀들이 춤추던 등성이 위의 숲이 너의 베

개다

은하의 베개는 윤곽선을 그리는 것만으로는 지을 수
없다

그린 것들을 안으로 둥글게 구부려야 한다

구부려서 공간을 휘게 만들어야 된다

그렇다면 시간을 달구고 내려치는 대장간이 필요하다

키클로페스가 벼락을 만들고 있다

한여름이다

공간은 팽팽한 활이 된다

놓지 마 활시위를

그러다간 죽어

오직 구부리는 긴장을 팽팽하게 견디는 것

공간이 품어지는 건 그때뿐이다

품는 그만큼 베개는 푹신해진다

은하는 그 느낌의 잠을 참 좋아하지

느낌을 모양으로 만들기 위해 사물들은 존재한다

숲의 주인이던 푸른 잎사귀가

푸른 비닐 봉투에 담겨

푸른 트럭에 실려

어딘가로 간다

푸른 봉투들이 통통하게 살찌는 동안

밤은 앙상하게 말라간다
숲에는 낙엽을 다 떨군 가지들이 쪼르르 남아
바람에 비늘을 털고 있다
누굴까
힘겹게 문을 열고 나서는 저 산책자는

銀河
새벽이 진다
지금 들리는 이 웅 하는 소리가 어디서 나는지 알아?
너도 그 소리를 듣고 있겠지
아니, 듣고 있길 바래
단지 나는 어리석게도 그 소리가 너와 꽤 멀리 떨어진
이 낡은 집 2층 옆 방 보일러실에서 나는 건지
아니면 너의 바로 앞에 피지 않은 담배처럼 서 있는
전봇대에 매달린 둥그런 아프리카 타악기 같은
주상변압기에서 나는 건지
가늠하고 있을 따름이다
도시의 멜로디는 늘 음정을 지니고 있다
　좀 더 자세히 들어보면 그 멜로디는 전체적으로 공명
한다

그동안 공간은 원형이 된다

그래서 은하

너는 보일러실과 주상변압기의 구분이

몹시 헛되게 느껴지겠지

은하가 노래한다

은하가 낮게 흐느낀다

쓰러져가는 아파트인 은하가

하나 가득 안아준다

보일러실과 주상변압기를

그래서 은하

그 둘의 친할머니

너는 사랑이다

銀河

이제 아침이다

은빛 얕은 개울물을 첨벙대던 너의 복숭아빛 뒤꿈치

자갈과 앙증맞은 물결이 부딪히며 까르르 웃었지

그러나 너는 이제 아름다움을 다 한 초신성이다

눈물이여

은빛 강물이여

너의 뺨에 흐르는 주름이

언덕을 타고 내려가 골목길이 된다

무수한 물길을 건너 은하

너는 여기까지 왔다

무한의 길이로 그려 넣은 눈썹 문신

銀

河

영원에 근접할 유일한 존재인 너

그 이름만이 영원에 다다를 광활한 먼지 더미의

끝없음을 아우른다

은하가 머리를 감는다

네 머리칼의 휘발성 미네랄인

가공지선을 하늘로 휘날리며

허공에 떠 있는 전화기인 컷 아웃 스위치를

어깨와 머리 사이에 끼워 놓은 채

폴리머 애자 드라이어로 머리를 말릴 때

은하는 우주의 소리를 경청하는 오래된 아파트

미의 2만2천9백 볼트를 발사하는 너의

진정한 샴푸 후의 머릿결

은하 너는 높다

다시 말할 게
너는 높디높다
은하
너는 하늘이다

11월 12일 금 충전 수단 – 이용 안내 – 모바일 티머니

2021. 11. 12. 08:57, kiwan sung : 넵 사장님 전철 간에서도 지금 당신 생각하며 서 있습니닷

2021. 11. 12. 08:57, kiwan sung : 이 말 하고 나니 맥락 돋는데? ㅋㅋㅋ 당신 생각하며

2021. 11. 12. 08:57, kiwan sung : 만원 전철간이 닠ㅋㅋㅋㅋㅋㅋㅋ

2021. 11. 12. 08:58, kiwan sung : 서 있고 서 있어 다들 하루 잘 보내

1980. 06. 23. 16:01, 암스테르담Amsterdam, 뷔켄벡Beukenweg에서 출발 가입 충전 결제 고객 센터 연결 시 접근

2021. 11. 12. 09:09, kiwan sung : 식물의 마음을 알게 됐던 적이 있어

2021. 11. 12. 09:10, kiwan sung : 서른 살 때

2021. 11. 12. 09:11, kiwan sung : 간도 나빠지고 트램 1을 타고 오스도르프 데 아커Osdorp De Aker에서 6분 티머니 잔액 케어 서비스로 안전하게 지키세요

2021. 11. 12. 09:21, kiwan sung : 어 여름에 겨울 바지 입으면 땀 찰까?

2021. 11. 12. 09:22, kiwan sung : 체리 같은 과일 안에 딱딱한 씨를 품은

2021. 11. 12. 09:22, kiwan sung : 넌 가젤 또는 체리

1980. 06. 23. 16:07, 프레데릭스플레인Frederiksplein 역에서 내린 다음 걷기 약6분 450미터

2021. 11. 12. 09:23, kiwan sung : 그니까 땀 차면 어떻게 되는 줄 알아?

2021. 11. 12. 09:24, kiwan sung : 벼락치기 선수가

2021. 11. 12. 09:25, kiwan sung : 아름다운 날 컴터 앞에서 숫자 보는 일 난 안 함

2021. 11. 12. 09:25, kiwan sung : 난 나무야 바람 좋아하고 소리 듣는 나무 어여쁜 블랙 펜더야 석양

무렵에 컴컴해진 내 나무둥치에 목을 기대고 쉬렴 후불

청구형

　2021. 11. 12. 09:28, kiwan sung : 이제 갈아 탄

다 한도 복원

　1980. 06. 23. 16:13 음반 가게 콘체르토Concerto

도착, 유트레히트가Utrechtsestraat 54-60, 1017 VP

Amsterdam

　그 후

　찬양집(해물칼국수; 지나침)-홍어회삼합집-가짜해병

아코디언연주자-삼청동구멍가게-사직동LG주유소-

음주단속(대리운전20,000원)-연남동세븐일레븐-주차

장바이더웨이(출금수수료1100원니미)-NB(입장료일인당

10,000원)-위스키온더락스(추가1,000원)-코인록커(500

원짜리동전2개만가능)-위스키온더락스하나더(6,000원)-

물(2,000원)-장미아파트-한강고수부지잠실지구구멍가

게(공공화장실)-물안개-잠수교(＊잠김)-강북강변도로-

추억-잠김-자물쇠-비밀번호분실

11월 13일 토 cook book

10시에 아침 먹어요

꼭 같이 먹어야 하는 건 아니니까

앙 먹었구나

약 안 먹어도 될 정도 될 때까지 약 머거

배고푸지?

밥 볶아서 꼬막에 비벼 먹고 맥주와 청포도를 맛나게 먹고 얼굴이 좀 빨개짐

근데 너 더는 먹지 마 내가 먹여주는 거 착착 받아먹어야지 ㅋ

혹시나 해서 기다리며 안 먹었었는데 이젠 그냥 먹어야겠어 ㅎ

라면 먹어?

밥도 쪼금 말아 먹고

아무턴 얼른 먹어여

참치 맛났지?

넘 좋았지 같이 먹어여 가치의 같이

등 푸른 불포화 고등어조림에 신 김치

배고프면 뭐 좀 먹어

싫어 혼잔 못 먹어

○ ○ 머거머거

동치미 어땠어?

시장하겠다 빵 굽고 소시지도 데쳐

마늘 먹고 셀레늄도

쌀국수 머거도 됨? 비타민 비 씩쓰!

씨리얼 우유에 말아 먹어도 되고

조심히 다녀와서 바질 페스토랑 버터 발라 먹어

그리고 낮에 좀 더 자고

바나나엔 브롬리아드bromeliad

다크 초컬릿엔 엘아르기닌L-arguinine

호두도 그렇고

구기자 열매를 말리면

어머 라이코펜 토마토소스에 샐러리 넣으니 좋네

맛나게 먹어 시금치 엽산 달걀 비타민 E

밥을 못 먹어서 일단 아무 데나 밥집부터 ㅋ

나만의 레서피

아스파라거스 구워줄까

모로코 석류 주스

치커리 샐러드와 마른 멸치, 새우구이

있다가 배고프다 싶으면 미리 먹어도 괜춘

매생이 췤오!

점심으로 골뱅이국수 해줌

국수 먹고 좀 놀다가 산책하러

긴 산책

인도 인삼 아슈아 간다

푸른제주통신에서 구름빙수가 배달됐습니다

앉은뱅이 상에서 붉은 연어회와 매화주를 먹다가 서로의

점심도 잘 먹고 집 가서 좀 자고 쉬어요

참외나 한쪽 깎아 먹어야지

엄마 추어탕 테이크아웃

아빠 내장탕 테이크아웃

뱃살 고동당* 칼로리 뿜뿜

배민 하는 김에 나도 한 그릇

동치미에 들어 있는 청양고추를 먹고

땀나 진짜 ㅎㅎㅎ

당근 베타카로틴 깍둑썰기

해먹기 귀찮거나 힘들면 걍 배달시키자

넌 저녁 먹을 시간?

아예 먹어버리고 자고 나서 일하게

입이 맵다고 하여 라임을 저며 입에 넣고

두 사람 입이 서로의 침으로 흥건

웅 맛나게 먹어 시장이 반찬

밥은 드라마 끝나고 먹어도 되고 ㅎ

냉장고에서 딸기 꺼내 먹어여

굴 먹어 아연 보충해

라임을 한 조각 더 썰어 입에 넣고

서로의 넘치는 타액 츄릅츄릅

*고동당:고혈압 동맥경화 당뇨병의 준말로 고등학교 때 체육 선생님이
　　　쓰시던 어휘.

제3주

.

오빠 아빠야?

—

11월 14일 일 플레이리스트 2

오늘 어제가 떠오른다

어제 그 슬픈

Do My Thang, 지랄 Funk 스눕 질라 4:48

4505 E. 4th St. Long Beach 90814 CA USA

롱비치 그루브

호흡으로 너의 몸을 스캔해

애너하임 애비뉴 근처의 디스펜서리

깊은 잠 vs. 높은 산의 비율 1대 1인 마일드한 젤리를

질겅거리는 열쇠꾸러미

그 느린 금속음을 씹어뱉는 랩

오프라인 상태에서만 사용하세요

Ein Gleiches, Dietrich Fischer-Diskau Jörg Demus Franz Schubert Goethe 2:27

　자주 내려야 할 역을 지나친다. 겨울 시즌에 발표할 지젤의 새 안무 때문이다. 1980년 6월의 암스테르담에 특별한 건 없다. S는 왜인지 모르게 손에 들려 있던 신문을 쓰레기통에 처박았다. 모스크바 올림픽을 미국이 결국 보이콧했다는 뉴스가 1면 톱이었는데 화가 날 정도로 거슬렸다. 그날도 S는 버릇처럼 유트레히트가에 있는 콘체르토에 들어가서 음반을 골랐다. 새 안무를 짤 때면 허기진 사람처럼 새로운 음악들이 고팠다. 몇 장을 고르다가 말았다. 자꾸 신경이 쓰였다. 지난밤의 S 때문이었다. 당신은 나를 너무 잘 알죠. S는 S의 이 한마디에 그만 토라져 돌아눕고 말았다. 콘체르토를 나오려는데 입구 안쪽에 공연 전단이 쌓여 있는 것이 보였다. 디트리히 피셔-디스카우의 콘서트헤보우 공연 소식이었다. 기이하게도 공연은 6개월이나 뒤인 12월 9일에 잡혀 있었다. 무슨 이유로 한여름에 그 공연의 전단이 여기 쌓여 있단 말인가. 특별 콘서트라고 되어 있었다. 반주가 외르그 데무스였다. 갑자기 중고 음반 칸에서 지나친 음반 한 장이 떠올랐다. 괴테의 시에 슈베르트가 곡을 붙인 노래들을 모은, 역시 같은 피셔-디스카우와 외르그 데무스 커플의 그라모폰 레이블 레조넌스 마스터링 발매반이었다. 우리 지젤이 언제 끝나더라. 12월 7일 일요일. 공연이 끝난 바로 다다음 날이었다. 갑자기 매섭고 깔끔한 겨울 공기가 코로 스미는 느낌이 들며 S는 전단을 한 장 집어 들고 몸을 돌려 매장으로 돌아가 그 음반을 집었다. 빨리 집에 가서 듣고 싶었다. 트램 안에서 뒤표지의 가사를 읽었다. 모든 봉우리 너머 적막만이 감돌고… 맞아. 이렇게 시작하는 거야. A면 두 번째 곡의 그 가사가, 아니 괴테의 너무나 유명한 시구가 S의 지금 허기를 달래주거나, 아니면 재촉하고 있었다. S는 속으로 중얼거렸다. S, 돌아와줘. 다시, 시작하자.

Papa's got a Brand New Bag Pt.1, James Brown 2:05

제임스 브라운을 잃어버렸다. 그는 새 가방을 가지고 떠났다. 그는 내 CD 플레이어 안에 잠들어 있었다. 모든 음악은 트랙을 달린다.

그는 달리고 있었다. 매쉬트 포테이토 스텝으로 플로어를 짓이기는 섹스 머쉰, 그가 신이어서 나는 경배했

다. 계속해서 그는

　"D.C.에서 애새끼들이 고고가 어쩌구 떠들지? 새끼들, 갸들이 아가였을 적에 나는 오리지널 디스코맨과 춤을 췄어. 알어? 애들이 거리로 다 뛰쳐나왔어. 나 땜에 말야! funk? 내 발명품이야. 50년대라구! 랩? Brother Rapp Part 1 들어봐. 내가 끝내놨어. 확인해봐. 마이클 잭슨이 무대 뒤로 날 만나러 왔더군. 애가 귀엽드라구. 내가 좋은 자리 잡아줬지. 아 갸가 날 유심히 보더니 내 카멜 워크에서 문워크를…"

　섹스 머쉰이 계속 떠들었다. S는 S와 함께 동영상을 보았다.

　"커?"

　"길어."

　S는 S의 복숭아뼈를 빨았다. haa-ak haa-ak 복숭아뼈에서 엄지발가락 끝으로 흐르는 선을 따라 연기가 날아가듯, 바로 그때 모든 트랙이 멈추었다. 나는 깜박한 것이다. 그리고 등을 돌렸다. missing with the blues. 블루스를, 블루스와 함께 잃어버렸다. 에어포트 호텔에서 제임스 브라운이 사라졌다. 거기 잠들어 있었다. 에어포트 호텔의 이 룸, 저 룸을 블루스가 떠돌아다녔다.

제임스 브라운은 손님들에게 계속 떠들었다. 그래서 나는 외롭지 않았다. 언젠가 그를 다시 찾을 것이다. 틀림없이.

　아가야, 아빠는 새 가방을 샀단다. 어쩌니. 모르겠다. 에어포트 호텔로 연락 바란다. 너무 슬퍼하지 말고. 음악은 트랙을 달리고 나는 클릭하기만 하면 등장하니까. 나는 신이니까. 이게 다 트랙 속에서 빚어지는 사건이니까. 부디 나의 사랑을 의심하지 말기를.

　나무가 되는 법, 성기완

　조회수 2,784회 2008. 11. 12.

　좋아요 21

　싫어요 0

　공유

　저장

　ready4d

　m/v

　댓글 0개

　#meetrandomspace

너무 나쁘거나 죽을 맛이거나 고통스러운 운명을 타

고 난 사람들이 있어요. 예, 확실해요. 그중에서 최악은, 물론, 처음부터 끝까지 나쁜 것이겠지만 그에 필적할 만큼 나쁜 것은 처음에 좋다가 점점 나빠지는 거죠. 점점 나빠지다가 끝내는 길에 나앉게 되고, 그러면 아이들은 이를 악다물며 저주를 시작하죠. 그러나 저의 바람은, 바로 그게 시작이니 안심하고 이를 갈라는 것입니다. 거기서부터 좋아지는 거예요. 저 나뭇잎을 보세요. 시들었지만 떨고 있잖아요. 어떻게든 살아봐야 하는 거 아닌가요?

예, 오늘 말씀 감사합니다. 바쁘신 가운데… 그럼 마지막 말씀 한마디.

what will happen next? I am curious. -- 안톤 체홉, 〈세 자매〉

KW S

공개 댓글 추가

11월 15일 월 #해시태그

#된다음의잿더미 #ashtag

#우리잠시만흔들릴까

#당신이몸깊이품은바다

#캄브리아기대폭발

#공간과의조우 #meetrandomspace

#근거없는희망 #espoirsansfondations

#라마냐

#부추김치

#푸른제주통신

#useonlyonce

#cream4irina

#sugar4olga

#최선정

#결빙

#11월

#S

11월 16일 화 새벽 네 시 육 분

S는 왜 거기 갔을까 기타를 들고 마음이 울적하여 매일 일기를 쓰던 S는 어디에다 희망을 걸었을까 S는 왜 아랍어과를 갔을까 외무부 여권과는 S의 그것을 알까 아마 알려고 하지 않았겠지

S의 성대가 뒤로부터 앞으로 잘

려

나

가

던 그때

발레단이라니, 이거 더 흥미롭잖아, 아네케의 표정에는 호기심이 가득했다. 토에르는 약간 당황했다. 선수친다 이건가. 토에르는 아네케에게 엄격한 말투로 지시했다.

어서 니트릴 장갑을 끼고 저 음반 재킷의 지문부터 채취해.

아네케는 어리둥절했다. 음반 재킷이 장갑도 안 낀 루디의 손에 들려 있었던 거다.

A면 두 번째 곡, 어쩌면 그대로 된 건가. 닮은꼴Ein Gleiches. 음반을 햇빛에 비춰 보니 이 트랙을 가장 많이 들었던 거 같네요. S와 S가 이 소파에 나란히 앉아 들었겠지.

루디는 이렇게 말하며 재킷을 토에르에게 건넸다. 토에르는 당황해서 음반 재킷을 떨어뜨릴 뻔했다. 아네케가 장갑 낀 손으로 거들어주지 않았으면 이 '증거물'이 마룻바닥에 떨어지는 불상사가 일어날 수도 있었다. 재킷은 겨우 잡았지만 그 안에서 종이 하나가 바닥으로 떨어지는 건 막을 수 없었다. 아네케가 하얀 니트릴 장갑 낀 손가락으로 집어 들며 말했다.

공연 팸플릿 같은데요? 뒷장에는 메모도 있네.

Sein Giro 5050170 cl 58

22 juni 1980

2 x balkon 1e39

ca 100 (links)

경찰청 감식반과 LVG의 합동 미팅이 시작됐다. 루디는 슬라이드로 찍은 메모의 사진을 스크린에 비추었다.

공연 예매 관련 메모인 건 확실한데.

봅시다. 5050170 지로 번호로 송금을 했고 예매일은 6월 22일, 발코니 왼쪽 자리 두 개. 1e39. 콘서트헤보우 좌석표 복사한 것 좀 줘봐요.

극장 쪽에 확인해보니 결국 이 커플은 공연에 오지 않았다는데.

그런데 왜 이렇게 일찍 예매를 했을까요? 6월이면 6개월 전인데.

동선動線이 있다. 반장님이 그때 뭐라고 말했더라. 공간이 있으면 동선이 있다. 사람들이 배드민턴을 친다. 셔틀콕이 포물선을 그리고 라켓은 원을 그리고 오스터 공원은 누워 그 곡선들을 보고 있다. S의 춤은 말하자면 기나긴 시간 속에서 다운 템포로 하강하는 넌 리니어한 임의의 그림과 닮은꼴이었다.

꼭짓점 A에서 그어진 자취와 B에서 그어진 자취가 시간의 꼭짓점 C에서 만난다고 가정하자. 그러면 새로운 꼭짓점 D가 되는걸. 둥그렇게 우릴 감싸는 비 때문에 비밀이 된 이 하얀 문의 목격자를 찾으면 돼. 그 속에서 S들은 그 동그란 D를 입속에 넣고 주고받는다. 시로의 과일은 빨갛게 달아오른다.

근데 참 동성애자 커플 껀은 어디 관할이야? 가정계 쪽이야 아니면 강력계 쪽이야.

모든 게이들이 들어야 한다는 듯 득의양양한 토에르의 목소리가 아네케를 우울하게 만들었다.

자, 정리해봅시다. 시간의 꼭짓점 B에서 S가 일으킨 사건들이 있다. S의 꼭짓점 A와 S의 꼭지점 B는 모종의 관계가 있을 것이다. B 지점에서 S에게 문신된 어여쁜 고래가 뇌하수체 깊숙한 곳에서 울고 있다. S는 잘못했다. 그러나 S는 잘못한 것일까? 그때는 그런 나이라고 S에게 말한다면?

아니죠. 그렇게 말할 순 없어요. 우리는 돌아앉은 화강암 등신불을 돌려놓을 수 없으니까.

11월 17일 수 인시 암스테르담 비 인욕 무진
음력 시월 열나흘

신축년 단기 4354년 불기 2565년 서기 2021년

일출: 07:11 일몰: 17:21 월출: 08:05 월몰: 18:14

일출일몰시간방향지도

월출월몰시간방향지도

달모양그려진달력

물을 보며 나는 잊었네 달 기우는 것까지

중서부 초미세먼지 농도

내륙 곳곳 오전까지 안개가 매우 짙어요

　암스테르담 비 마드리드 가끔 흐림 아테네 맑음 마닐
라 가끔 흐림 멜버른 가끔 흐림 방콕 가끔 흐림 멕시코
시티 가끔 흐림 몬트리올 비

　물이 흔들리며 내게로 온다

　배는 흔들리지도 않고 저리로

베오그라드 가끔 흐림 모스크바 흐림 브뤼셀 가끔 흐림 베이징 가끔 흐림 마이애미 가끔 흐림 뉴델리 맑음 부쿠레슈티 맑음 뉴욕 비

겨울비

지금 갈 곳

비가 밤의 마스카라를 지운다

부다페스트 맑음 파리 흐림 베노스아이레스 가끔 흐림 프라하 흐림 카이로 가끔 흐림 두바이 가끔 흐림 로마 가끔 흐림 더블린 비

물맛에 약간 난자가 녹아내린 시큼함과 진함 비릿한 억울함 가슴이 단단 풍만 유두가 익은 복숭아 샘물

샌프란시스코 가끔 흐림 프랑크푸르트 흐림 싱가포르 비 하노이 가끔 흐림 스톡홀름 흐림 홍콩 가끔 흐림 시드니 비

미워했다

비 오는 거리의 번들거림을

손님 없는 술집의 낡은 카운터를

호놀룰루 가끔 흐림 타이페이 가끔 흐림 테헤란 가끔 흐림 바레인 맑음 제네바 가끔 흐림 자카르타 가끔 흐림 텔아비

아직도 나는 기억한다. 억수같이 쏟아지는 비를 맞으
며 컵라면을 먹었지 너의 집 앞에서 일부러 나는 외로
움을 시험했지 너는 거들떠보지도 않았고 비가 나를 후
려치며 병신아 병신아 너라는 병신아 사람들을 봐라 우
산을 쓰고 얼마나 잘들 지나가니 너는 그 더러운 풀숲
사이에 쪼그리고 앉아 외로움을 씹니

브 가끔 흐림 요하네스버그 가끔 흐림 리우데자네이
루 비

포만감에 만족스럽게 웃고 있는

진흙탕에 버려진 인형

쿠알라룸푸르 가끔 흐림 토론토 가끔 흐림 리마 가끔
흐림 베이루트 가끔 흐림 이스탄불 맑음 벤쿠버 밝음
리스본 가끔 흐림 나이로비

번개가 치자

빛이 물건들을 배설한다

가끔 흐림 바르샤바 흐림 런던 가끔 흐림 워싱턴 가끔
흐림 로스앤젤레스 맑음 취리히 가끔 흐림 베를린 비

비에 사탕이 녹아 붉은 시럽이 시궁창으로 흐른다

천둥이 치며 하트 모양의 분홍 사탕을 박살 낸다

11월 17일 수 술시 제주빠삐용

1회 1117수 20시 표선 파피용살롱드떼(표선백사로 117-1, naver/iam_hhr)

달의 뿔을 분질러 황금빛 술을 마셔요
취한 물결이 길게 나팔을 불며 노래해요

기다린다 128초
방콕 사운드 콘서트
2층 침대 2층에는 여자 자고 있음
1층 콘서트
식탁 과일 연꽃
항아리 스피커실
부엌

메인 캐논 LR 2

캐논 4

3.5 4

55 8

릴선 2개

멀티탭 충분

무대 2×1 6

120인치 스크린

깔개 10×10

의자 100개

2회 1118목 20시 제주 알개(일도2동 68-1, 우 63259)

하얀 천. 몇 마인지 모르겠지만 이어붙인 하얀 천. 하얀 천이 검은 벽의 일상적인 태도, 이를테면 거기 박힌 사다리식 쇠 징이라든지 먼지 따위를 가려준다. 연극이 시작된다. 배우들은 저 좁은 마루를 가로지르기도 한다. 그 선들을 따라 움직이는 순간 그들은 일종의 체스 게임을 시작하는 것이다. 그러나 이게 게임만은 아니다.

DO BAQUEE CASSETTE PARTY VOL. 1 (After Party)

entrance fee: 15,000원(1 free drink)

50명 한정

ALL ANALOGUE, ONLY CASSETTE

dress code: 스포티한 모자

＊자전거를 타고 오시는 분들은 5,000원을 할인해
드려요!

＊예매 없고 당일 입구에서 현금 또는 계좌이체만 받
습니다.

초대 명단

엘리자베스 팅 벤 마들렌느 혁중 렉스 성은 루카스
데인 에밀리오 수민 맥킨지 혜영 에밀리 현수 경수 경
민 현경 수현 나탈리 쥐스탱 서진 제이제이 수지 조 제
이크 유미 나탄 바비 미코 수경 진원 샘 제시나 수리 원
진 로난 재옥 제프리 야콥 알렉사 호세 오라 케이시 크
리스토퍼 에반 도로시 찬경 디디 상아 현이 마틴 데이
브 캐쉬 콜린스 베르나르 뒤브아 엘리엇 곤잘레스 헥토
르 샤브 우스만 아미두 마리아 보라 지라르 휴 오하라
코너 사라 옥타비오 루이 에디

3회 1119금 20시 함덕 십오야(신북로 506, 인스타 십오
야)

우리 랜덤스페이스님 어서 나오시죠

네에 네에에 박수로들 좀 맞이해주시기 바라구요

갑니다 C'est parti!

감사합니다. 감삽닛다 감삽닛다 오 저쪽도? 예에 예
에 감삽

그러나 실은 구 바스만나야 거리를 기억한 것도 역
시… 아니, 그렇게 접근하지 말고 이렇게 접근해봅시
다. 구 바스만나야 거리라는 곳, 그곳은 어떤 곳이어도
상관없어요. 단지 지금 우리가 그곳에 있지 않다는 사
실이 중요하죠. 당신은 어디에 있어요? 예전에 살던 그
곳은?

제6회 멕시코영화제 - 그것은 인생

B열 30번

2004-07-17 12:58:06 1회 13:00

일반(6,000원)×3 = 18,000

서울아트시네마 00038553

셋리스트

인트로

머디

러브

햇볕

300

쌍둥이

하덕규

트로트

허공

슈만

고사리

돈보다

깊어진다

빠삐용

앵콜

꿈꾸는나비

나킹온

구 바스만나야 거리로 통하는 진입로의 교통은 통제

됐다 지난번 온 눈의 무게를 견디지 못하고 나무가 길
쪽으로 쓰러질 때 S는 버스를 타고 있었다 하마터면 나
무가 버스를 덮칠 뻔했다 나무가 땅에 닿을 때 나는 쿵
소리보다 더 놀라웠던 건 그 직전의 소리였다 나무의
척추가 부러지는 그 치명적인 순간에 S는 S를 부둥켜안
았다 나무 꺾이는 소리가 비명 소리와 같다는 걸 처음
안 건 그때였다

11월 18일 목 신분증 사본 통장 사본 사진
음반 유에스비

안정 애착secure attachment

존 볼비John Bowlby는 아기가 신뢰하는 인물을 찾아 애
착attachment을 형성하는 유전 프로그램을 갖는다는 사실
을 보여주었다. 다른 모든 영장류에서와 마찬가지로 신
뢰할 수 있는 돌봄인caretaker 한 명 이상에 대해 안정 애
착secure attachment을 형성하는 것은 인간 정서 발달에서
필수적인 측면이다.

사라 블래퍼 허디, 어머니의 탄생 모성 여성 그리고
가족의 기원과 진화 Mother Nature. 12쪽, 사이언스
북스(2010)

최선정볼륨모바일화보단면

드라이브 1.12. 키스 장면

빌로우 혀

레즈비언

1.3.4.6.7.9.10.11.12.13.14.1520.21.22.29.31.32.
33.37.38.46.47.49.50.51.52

딸에 대하여

커버링

4시

데스몬드 모리스 바디워칭

미웠어

그리고 지금도 미워

말면 말고

연지곤지

서역-몽골-우리

조선 초 영의정 부인

하얗게 화장하고 연지곤지

이란의 연지 찍은 조각

카올리

좋아하니까 좋아서

아지르 로렌스 엘레멘탈스

쾌락은 매우 오래전에 태어났다. 예를 들어 엔돌핀의
분자식은 지렁이나 사람이나 똑같다.

지렁이는 209 million years ago에도 있었다.

환형동물은 505 million years ago in the early Cambrian

랑구르 원숭이의 영아 살해

구글링

지금 머리에 떠오르는 낱말 하나를 구글링하세요

이를테면 식도

검색 결과 맘에 드는 항목을 클릭하세요

이를테면 링크

검색 결과 약 3,590,000개 (0.43초)

관련 검색어 식도 영어 식도 구조 칼 식도 식도 위치 식도 뜻 식도 역할 식도 섬 식도 운동

대한민국 서울특별시 서대문구 내 위치를 기반으로 추정됨 위치 업데이트

이제 어두운 테마를 사용할 수 있습니다

확인 사용 안 함

ㄹㅁㅇㅎㅎㅇㅂㅎㅎㅇ행ㅇㅋㅏㄷㅎㅋㅅㄱㅇㅇㅎㅇ
ㅅㅎㅎㅎㅎㅁㅁㅊㅁㅅ

우리가 재배한 종자와 야생 조상의 종자 사이에 존재하는 또 하나의 명백한 차이점은 쓴맛이다.

최선정볼륨모바일화보펼친면

실제로 유랑 생활을 하는 수렵 채집민들은 수유기의 무월경, 금욕, 유아 살해, 낙태 등을 통하여 4년 정도의 터울을 유지한다.

총, 균, 쇠 123쪽

저 별들에 우린

짜릿하게 쏘였어

할머니 간호 매뉴얼

할머니 6억 년 동안 침묵 속에서 지낸 돌들

할머니 한 번도 그 어떤 손아귀에도 쥐어지지 않은 길고 긴 고독

할머니 시간이 나를 넘어 흐르고 있다는 이 묵묵한 증거

할머니 운석의 나이는 대부분 46억 살

행복한 가정은 모두 엇비슷하고 불행한 가정은 불행한 이유가 제각기 다르다

톨스토이 안나 카레니나의 첫 문장
사육의 정의 감금 상태에서의 번식
올레오팡파름
깜깜한인터뷰

brinsley swartz
시장바구니에 삐쭉빼쭉
배추 푸른 날개
오늘도 사랑스럽게 연애 혁명하자
유미의 세포들 아메리카노 엑소더스
신의 탑에서 밥 먹고 갈래요
자왈: "불분불계, 불비불발."
子曰: "不憤不啓, 不悱不發."
의견 없음 담기 보내기 폰트 설정 메뉴
연관 목차

11월 19일 금생수 수생목 목생화

금생수 수생목이라

불이 어둠 속에서만 욕망의 점화 과정을 반복하니 불
의 황홀이로다 일렁이는 불씨는 아기 우주 상태라 찢어
지는 힘보다 껴안는 힘이 더 강한 법 불은 그때 붙는 것
이야 폭발이 사랑을 낳고 사랑이 불을 피운다는 걸 모
를 리 없으니 불 보듯 환하지 않느냐 사랑은 마시고 태
우고 타서 죽어 사랑은 사랑도 태우고 미움도 태워 타
고 난 거기서 이상한 열매가 열리니 마른 산나물을 들
불의 식재료로 쓰고 시신을 태운 재로 희디흰 영혼의
도포 자락을 지어 하얀 뼈에 입혀 훨훨 날갯짓하야 이
윽고 붉게 물든 석양이 눈시울을 적시니

수생목 목생화라

저 밑에서 암시하고 있는 붉은 웅성거림을 듣느뇨 수
줍은 불씨 안에서 화염이 머리칼을 기르며 우주의 탄
생을 중계허는구나 연기는 말하노니 나는 설레인다 한
번 뜨거워진다 연기는 불의 SNS 불을 보고 황홀해 하
다 연기를 마시고 몽홀해짐은 정한 이치요 작게 시작한
시 아니냐 라이타 불에서 엉겨 붙은 공기놀이가 꺾기를
반복하더니 지금은 이렇게 나무 한 그루를 다 대우고도
미친 듯이 미친 듯이 갈구하며 공기를 들이마시는구나
불길은 바람을 닮았구나 내걸린 빨래의 지랄병 춤사위
제멋대로의 학계리 같은 그 흔들림은 이 뜨거움 깊은
곳으로부터의 용서 신청이니 신청서에 써 있는 마음의
광란 시뻘건 불길과 하얀 빨래를 같은 것으로 만들어주
는 바람이로다 그래서 바람만이 안다는 게야 바람이 하
늘님이시다

화극토 토극수라
들숨 한 장단도 당신을 참을 수 없어 소인 새빨갛게
달궈져 뜨거움을 못 견디고 영혼의 장삼을 펄럭이며 어
디로 갈지 한 치 앞도 모른 채 춤을 추다가 결국은 저 빨
래들처럼 내걸려 허공을 지고 서낭당을 향해 가는 상여

꾼의 구슬픈 노랫가락이 되는구려 탈 때는 쌕쌕 나무들의 숨 쉬는 소리가 자지러지더니 칭칭 감겨 절정으로 갈 때의 태풍을 몰고 오는 비명 소리 말이오

　수극화 화생토라
　태양의 뜨거움을 온몸으로 실감하고 있는 정지된 나무가 보이느냐 이 뜨거운 기운은 저렇게 멀리서 오나 바로 내 이마에 닿는구나

11월 20일 토 행복 드리는 콜센터

안녕하세요 행복 드리는 콜센터입니다.

인트로 우퍼 부앙부앙

12530 두 번째 아이컨택트 이후 빗길에서. 더 찍어 달라던데요

엔딩 한 박자 끌어주기

보컬 위치는 앞쪽으로 조정

보컬 전환

S에게 못된 말 쏟아붙고 털썩 주저앉고 자동차에서 S 가 튀어나오고 신경 쓰이는 S, S가 무작정 길 건너는 걸 S가 잡아채서 껴안는 장면

S가 마지막에 뒤돌아서고 S는 카페 안에서 멀찌감치 가고 있는 S를 본다 카메라는 S 상반신

올레오팡파름

방카슈랑스 비대면 DB 작업

차나무

다음 청취자 분…

예초기 수리

삼평 종합상사 서귀포 동홍동 064-733-1113

대동기계 제주시 동광로 이도1동 722-2378

오라2동 공구이마트 702-0982

조금 전 쾅 소리로 검색한 후

주문번호 카드종류 묘사에 관한 사운드시 또는 아트

4187469928/2519176581 현대(다이너스)

카드번호 유효기간

4574-93 *-****-8915**/**

승인번호 거래일자

00079876 2017-07-03 1:35:14 PM

20인치용 패니어

3등 객실

허기

다음 청취자 분…

창고 태풍 피해

가건물은 건축물대장에 등록이 안 돼 있어서 피해 접

수가 안 된다는구먼

이번엔 잘 지어서 대장에 올려야 여

아 그게 되간

국정사에 전화해서 측량문의 해보지그려

측량하고 건축사에게 배치도 신청해서 제출해야 한
다니께

국토정보공사

064-760-2138

길 측량

시청 건설과 도로계 측량 위임장

아 가건물만 측량해도 30 드는 거 몰러

경계측량 헐라믄 60은 더들어

아이고

이러니 영세한 농민일수록 피해가 나도 개인 돈으로
할 밖에

등록하려니 배보다 배꼽이 더 커

소규모 영세 농사꾼의 작은 창고는 가건물이라도 피
해 접수를 받아줘야 마땅헌 거 아녀 이거 원

개갈 안 나서 못 해먹겠구먼

다음 청취자 분…

근거도, 희망도 없는 감자 농장에 가서 감자를 캐요 학습비 만 원 추가 노란 차를 타려면 원장님과 상의하세요 단지 시간 때우기만은 아닐 수도 있어요 모든 피고용자들은 최소한 사업장에서는 시간이 빨리 흘러주기를 바라는 습관이 있으니 우리 탓을 너무 하진 마세요 그저 운에 맡기는 게 어때요 감자 농장에 가서 감자를 캐는 동안 내가 졸지는 않을 테니 말이죠 내 얼굴에 뭐라고 써 있는지 아시는 분 우리 집은 좁아요,라고 써 있어요

다음 청취자 분…

김녕 가볼 집

김녕리 5675

구좌읍 동김길 162-20 14호

지상층/지하층

2/0층

방/욕실 수

2/1개

건축면적

거래유형

먼 산

스산

거래종류

나무들

탈모

바람

스산

충전

예초

세트 KCB-180P

겨울

오후

추가

전용 날

희뿌연

해의

배회

안면보호

가맹점 정보

금액 229,082

부가세 22,908

봉사료

합계 251,990

348000

108000 9일

다음 청취자 분…

1111

17시 38분~18시 04분

인증번호 받기

오이엠뱀 즈나죠 진지 틱스바 라그즌 어투오스 마아이 티브빕 엠큐로즈 씨페이스 이오스 훼이퍼 업셰프 켄지 푸아미

　임시성인인증

oembm znajo jyndj tyxba lagzn rtuos maaaj tvbib mqloz cface eoose fapor upchef kengi fuami

648517

392076

2007. 3. 18. 가입

본인인증

로그인하러가기

비밀번호찾기

결재비밀번호 등록 후 사용

휴대폰본인인증

성기완

내국민

생년월일 67010☆

남자

KT

생년월일 8자리를 입력해주세요

1967010☆

인증번호요청

인증번호발송

확인

본인인증번호 [240555] 를 입력해주세요.

남은 시간 1분 55초

휴대폰 번호 또는

결제비밀번호를 등록해주세요.

결제비밀번호 6자리 중 0번째 입력됨

　휴대폰 번호 또는 생년월일 정보를 포함한 비밀번호
는 사용할 수 없습니다다시 한번 입력해주세요.

결제비밀번호 6자리 중 0번째 입력됨 6자리 비밀번호를 재입력해주세요.

결재비밀번호인증

결제비밀번호를 등록해주세요.

결제비밀번호 6자리 중 1번째 입력됨 휴대폰 번호 또는 생년월일 정보를 포함한 비밀번호는 사용할 수 없습니다시 한번 입력해주세요.

결제비밀번호 6자리 중 2번째 입력됨 6자리 비밀번호

결제비밀번호를 등록해주세요.

휴대폰 번호 또는 생년월일 정보를 포함한 비밀번호는 사용할 수 없습니다시 한번 입력해주세요.

결제비밀번호 6자리 중 3번째 입력됨 6자리 비밀번호를 재입력해주세요.

결제비밀번호 6자리 중 4번째 입력됨 6자리 비밀번호를 재입력해주세요.

결제비밀번호 6자리 중 5번째 입력됨 6자리 비밀번호를 재입력해주세요.

결제비밀번호 6자리 중 6번째 입력됨 6자리 비밀번호를 재입력해주세요.

결제비밀번호 6자리 중 7번째 입력됨 6자리 비밀번

호를 재입력해주세요.

결제비밀번호 6자리 중 8번째 입력됨 6자리 비밀번호를 재입력해주세요.

결제비밀번호 6자리 중 9번째 입력됨 6자리 비밀번호를 재입력해주세요.

결제비밀번호 6자리 중 10번째 입력됨 6자리 비밀번호를 재입력해주세요.

결제비밀번호 6자리 중 11번째 입력됨 6자리 비밀번호를 재입력해주세요.

결제비밀번호 6자리 중 12번째 입력됨 6자리 비밀번호를 재입력해주세요.

결제비밀번호 6자리 중 13번째 입력됨 6자리 비밀번호를 재입력해주세요.

입력횟수초과

입력횟수초과로 24시간 동안 로그인할 수 없습니다

다음에 다시 이용해주세요

문의전화 1037-0923-0417

다시 듣고 싶으면 ☆표를 눌러주십시오.

다음 청취자 분…

제가요, 돌이킬 수 없을지도 몰라서…

　네 네 기념일이거든요 좋은 자리로 부탁드려요 발코
니요? 거긴 좀 비싸지 않나요? 그쵸 네 그럼 걍 거기로
할게요 발코니 좌측 1e39 두 자리 네 적고 있어요 금액
한번 다시요 100길더 맞죠 티켓값은 지로로 보내면 되
나요? 네 불러주세요 잠시만요 5050170 제가 불러볼
게요 5050170 네 베당크트 6월 22일까지 보내드리면
되죠?

　맞아 돌이킬 수 없어

　안녕하세요 행복 드리는 콜센터입니다.

　지금은 업무시간이 아닙니다

제4주

·

모든 면에서 불행한 양 떼*

*비르길리우스의 시구절

—

11월 21일 일 kumba님의 추억입니다

5년 전 오늘
지금 공유

결혼 서약을 하고 서명을 할 차례였어요 이름 옆에
거짓이라고 쓴 걸 주례 이외에는 아무도 못 보고 이제
행진이 있을 찰나에 너무 꿈자리가 뒤숭숭해서 잠을 깨
고 나가봤어요 길고양이가 보일러실 물 보충 파이프에
서 흐르는 독한 물을 마셔요 혹독하게 추워진 날 새끼
길고양이가 허기져서 울어요 보일러실에 새끼들을 낳
은 어미 길고양이는 보이지를 않아요 어디선가 얼마나
안타까워하고 있을지 새끼 길고양이가 허공에 대고 외
쳐요 나의 운명이여 누가 날 시험하는가 동녘이 훤해지
고 있었고 나는 순간 휘청해요 지나친 폭식 때문에 몸

이 허약해진 듯해요 공개되지 않은 마음의 사진첩에 고
이 숨긴 얼굴 없는 이의 기억 때문이죠 지쳤어요 외롭
고 휘청 아기 길고양이가 비틀거리며 계속 울어요 덜컥
겁이 났어요 내가 버린 새끼 계란 하나를 풀어 두 번 구
운 양반김 담았던 얇디얇은 투명 플라스틱 그릇에 밥
쪼금 참치 쪼금 넣어 또 다른 양반김 곽에 수돗물 담아
보일러실로 가져가요 미안하다 내 새끼 내 새끼 지금
이렇게 용서를 빌어요 새끼 고양이가 공포에 질려 회색
배수관 밑으로 숨어요

11월 22일 월 급여명세서 바로가기

안녕하세요, 재무팀입니다.
오늘(11월22일 월요일)은 급여 지급일입니다.
직급 평사원

겨울이 오는데
나는 아무 자격도 없는 평사원

월차를 써서
깊은 잠에 빠지네

하루하루를
기쁘게 살라시는 부장님

너무 먼 승진은 꿈꾸지 마요
오늘도 오늘을 사랑하면 된 거죠

사표를 가슴에 품고 다니며
결재를 기다리는 사랑

그러나 이젠 좀 지치네요
맘대로 하세요

떠나시든지
나가시든지

둘레길을 서성이며
당신 없이 걷는 산책

양지바른 쑥대밭
지난봄 무덤가

할미꽃 무급 휴직
결과보고서 양식 바로가기

낙엽이 지는데

나는 아무 실적도 없는 평사원

급여명세서는 종합정보시스템에서 오전 10시 00분

이후부터 확인 및 출력 가능합니다

확인 방법 행정관리 급여시스템 급여보고서 급여명

세서 처리 구분 급여선택 급여명세서

바로가기

11월 23일 화 거제시 아주동 수제어묵 품평회 참가신청서

혁명라디오에서 AJ 쿰바님에게 보내는 메시지입니다

cream for irina

sugar for olga

cream for irina

sugar for olga

S는 사실 망설였었어요. 무엇이든 가능하다고 생각하던 시기는 어쨌든 지나가게 마련이잖아요. 그래서 말인데 실은 말장난한 것이었을지도 몰라요. S는 말장난에 일가견이 있답니다. 그러나 예, 인생은, 아다시피, 제 멋대로 뛰는 망아지 같은 거예요.

베이비당신은

오일

크림

슈거

최선정볼륨웹화보단면

목소리의 시대

텍스트 ->복합매체

기호 ->형상

이미 ->지금

사후습득 ->실시간동기화

만일 불난 집에 부채질하려면, 멈추지 말고 계속 하세요. 끝까지요. 세간살이들이 완전히 타서 회색빛 재로 변할 때까지 말이에요. 그러면 차라리 그들은 고마워한답니다. 잿더미 위에 서 있는 그들에게 어떻게 크림이나 슈가를 안 주겠어요?

미끄러져

사라져

사랑을

숨길줄

아는데

완전히

숨어버렸네

완전히

발라버렸네

최소한 자기들끼리 그렇게 권하면서 즐거워하는 겁니다. 거꾸로죠. 맞아요. 거꾸로예요. 하나도 거꾸로 서 있지 않은 게 없어요. 그렇게 되면 거꾸로 힘이 난답니다.

베이비오일

스무스하게

어디로갔니

스카이하이

윈디즈하이

때는노벰버

튜즈데이에

트웨니쓰리

문서(내용) -〉 발화아지점

문자 -〉 목소오리

시각적 기호 -〉 3차아원

청각적 기호 -〉 4차아원(시공간성)

개별적 -〉 통하압적

디지털화를 통해 데이터 통합, 호환

데이터 자체 -〉 프로토코올

이별참간단해

이것참헤헤이

그러자그러자

사랑참쉽구나

사람또는물건

누가뭐가됐든

가지려고말기

욕심냈었나봐

깊어지는순간

슬픔에휩싸여

비가토닥토닥

치창을때리는

기차에서들은

부고와더불어

획획지나가는

모든게어둠속

알았지원인을

가지려지말기

베이비당신은

오일

크림

슈거

최선정볼륨웹화보펼친면

오빠거기가쪼끔작아서실망

아주쪼끔

S가 많이 부족하죠? 더 견뎌보려 했지만 부질없는 짓인 거 같아요. 힘들었지만 고맙기도 했어요. 이런 S를 이만큼 사랑해준 것만으로도 고마워요. 어쩔 수 없죠 뭐. 당신도 힘들었겠죠. 이름이 그렇게 지어져 있어서 이게 그나마 누추한 사랑인 거죠? 잊진 않을게요. 기억할게요. 맘 아프고 많이 그립겠지만 잘 삭여볼게요.

내가그렇게밉고싫어?

난니가보고싶은데

맘도못들키고

천둥소리나듣고있다

껄껄껄

내웃음소릴듣다가

내가운다

11월 24일 수 컴퓨터 크리에이션 3 보강 공지

해외 출장(모로코 공연)으로 인해 11월 24일 수요일 수업을 휴강합니다.

죄송합니다

대신 11. 6 토 20시에 보강 수업이 있을 예정입니다

시간/장소 : 11. 6 토 저녁 8시/롯데타워 롯데콘서트홀

롯데에서 새로 지은 롯데콘서트홀 음향이 좋다고 하니 사운드도 감상할 수 있는 특별한 기회일 것 같네요.

A석 티켓값 (학생 할인 5,000원)은 과에서 지원 예정입니다

출석한 학생들은 카톡 오픈채팅방에 글 남겨주시구요

반대표 또는 학회장은 티켓 구매를 위해 오늘 중으로 출석 가능한 학생들 명단 주시기 바랍니다

네 사전 구매 가능해요

원칙적으로 결석 처리하나

알바 등 사정 있는 친구들은 반드시 사전에 알려주시기 바랍니다

열쇠를 맡겼다 S는 S가 돌아오지 않을 것을 알았다 마지막이었다 S는 동네에 어울리지 않는 사투리를 하고 있었다 느닷없이 찾아온 불면의 밤이 이 아름다운 도시 라바트에서 계속된다 식전에 나가야 되는 사람이 숙박비에 대한 불평을 늘어놓았다 새로 온 연인들이 조바가 오기를 기다렸다 와이파이 비밀번호를 물으려고 전화했으나 답이 없었다 창문을 닫았다 무의식적으로 성인 채널에서 멈췄다 의미 없는 자위행위를 했고 휴지는 휴지통에 질척한 소리를 내며 떨어졌다 그것이 S가 그 방에 남긴 유일한 흔적이었다 공기는 좋았다 한적했다 후기에 올라온 사진에서 본 바로 그 빨간 의자가 있었다 현실은 그처럼 가상 세계의 반영일 때도 있었다 S는 뒤도 안 보고 사막으로 간다 새벽이었다 사막에 안개가 끼었다 안개를 뚫고 말이 달려온다 아니 고양이가 무슨 소식일까 속눈썹이 긴 아이가 담배를 피우고 있었다 몇 살이니 하고 물었는데 대답은 잘 몰라요였다 S는

잠든 채 눈을 뜨고 있는 가느다란 희망을 보았다 달디 단 차를 마시고 아이는 안개를 향해 떠났다 낙타의 뒷 모습이 바람 속으로 사라진다

11월 25일 목 하드포크

하드포크 예정 일정 12,965,000번째 블록 (2021-11-25 21시 KST 예상)

긴설명이문자로온다매우긴설명이고난무조건동의해야한다아니면그걸사용할수없으니난1번을누른다내게 의지하려는친구들이생긴다

10분 전에 알림

NO.309 ppp 세모급 화분 + 식물 형태 | objects 에케베리아

니가 날 밀어낸 그만큼

나도 널 밀어내고

멀어진 거리의 제곱

멕시코 등의 반사막 지역이 고향인 식물로

하지만 얕은 뿌리 조직을 갖고 있어서 완전히 말려서

는 안됩니다

G Suite 자세히 알아보기

첫 1년 동안 무료로 제공됩니다

20181122목100일

첫 1년이 지나면

연간 도메인 갱신 비용(US$10.00)이 청구됩니다

첫날이 지나면

G Suite Business

첫 1시간이 지나면

첫 1분이 지나면

겨울이 휴면기이므로 관수를 월 1회로 줄입니다

40억 년 전

20191227금500일

첫 1초가 지나면

단세포 생물 출현

생명의 특성상

365 곱하기 34억 날들 동안

교환, 환불이 불가능하며

단세포 생물만 존재

그 첫 34억 년

캄브리아기 대폭발

20210510월1000일

11월 26일 금 S 메일들

보낸 사람 : S 주소 추가 수신 차단

받는 사람 : S 참조 제목 첨부

여기는 매우 오래된 폭스바겐 운전석이다. 너도 알다시피 71년 형. 차 안에서 추위를 견디며 지나가는 사람들이나 고양이, 트럭 등을 보고 있어. 너는 도대체 누구일까. 사랑과 관심과 격려와 따스함을 벌컥벌컥 마시면서 점점 더 환희에 찬 모습으로 빛을 발하는 너. 넌 좋은 남자, 멋진, 강한 남자, 현명한 남자, 아름답고 깊은 남자, 무엇보다도 최고의 엉덩이를 가진 남자야. 이보다 더 멋진 남자가 있을까. 이건 분명 연기는 아니야. 나는 나의 진실된 사랑을 너에게 전하기 위해 온 마음을 다하여 나를 던져. 넌 그걸 부담스러워 하면서도 그 열매들을 수확해 가고. 부담스러워 하므로 나는 더 드러내기

힘들다. 반면 니가 그 열매의 달디단 속살을 포식하는
것을 보는 즐거움 또한 비할 데 없이 커. 나는 그 딜레마
의 상황을 얼마 동안 견뎌왔어. 그러나 드디어 이 아름
다운 자유의 도시, 또는 느릿한 젤 상태의 도시인 우리
의 고향 암스테르담에서, 너는 꽃을 피우고 나는 낙엽으
로 뒹굴고 있어. 지난번에 오스터파크를 산책할 때 니가
장난스럽게 달려가며 그랑쥬떼 동작으로 날아오르던
거, 기억해? 혹시 감정 과잉에 시달리던 날 놀린 건 아닐
까. 맞아. 바로 이 아이러니가 핵심이긴 해. 나는 뛸 듯이
기쁘면서 동시에 이상한 낭패감으로 죽어버리고 싶어.
솔직히 니가 말하는 속도 조절의 참뜻을 모르겠어. 그냥
얼버무리듯 숨기다가 잦아들길 기다리는 걸 수도 있고.
니가 나의 감정적 고양 상태를 따라와 주지 않아 내 불
꽃은 급냉 상태에 이르게 되었음을 알려주는 수밖에 없
어. 어쨌든 감정의 소진 상태에서 가능한 한 빨리 빠져
나올 것. 연말에 진행해야 할 프로젝트들을 소화하기엔
이 소진 상태의 지속은 너무 치명적이야.

보낸 사람 : S

받는 사람 : S 외부 계정 메일을 확인하는 중에 오류

가 발생했습니다 세부 정보 해제

　배를 타려다가 푸른 모자 쓴 돌산 앞에서 멈추었어요. 길을 돌아 흐린 하늘 밑에서 당신을 보았을 때 울컥 울음이 솟았어요. 잠들지 않는 축축함. 그리워한다는 건 참 무거워요. 포클레인이 산의 밑을 까내어 돌을 퍼내고 있었어요. 그래도 당신은 여전히 푸른 모자를 쓴 채 노을이 붉디붉은 망토를 당신 어깨에 두르는 걸 놔두고 있어요. 아, 내 사랑, 의젓한 당신, 미안해요, 나 당신 사랑하나 봐요, 이걸 어쩌죠? 이제는 뼈다귀들이 뒹구는 약속의 땅으로 떠나야 하니. 너무 늦은 거죠? 하지만 저 돌아갈게요. 당장, 우리 맛 나는 거 먹고, 기다려주시는 거죠? 웃어요, 즐겁게, 오늘 밤, 이제부터, 계속, 앞으로도, 잘할게요, 진짜, 나.

11월 27일 토 ☆혜는 밤 슈베르티아데

유난히도 ☆이

많던 밤

차가운 겨울 하늘을

환하게 비추네

저렇게 많은 일들이

있었나

추억은 그대 웃음처럼

반짝이네

당신은 어느 ☆자리를

좋아하나요

☆들이 모인

어여쁜 보석밭

알콩달콩 기쁨을 나누며

사랑의 화살을 쏘는
우리의 사연

짜릿하게 쏘였어
저 ☆들에 우린

때론 등을 돌리고
잠 못 이루던
때론 가슴 아파서
사진 지우던
때론 잊고 싶어서
술을 마시던
때론 눈물 흘리며
소리 지르던

시원한 바람 불어
먹구름은 밀려가고
☆들이 잎 사이로
춤을 추네

☆들이 입을 맞추네
☆들이 사랑을 나누네
아하 아하 높은 곳에서
☆들이 쏟아져 내려
닮은꼴 ☆들 우리는
투명하게 고인 사랑의 샘물
은하수를 마시네

제5주

•

손 없는 날

표선―아담하게 수리된 농가주택과 농지(귤밭) 매매합니다.

◆ 매물제목: 수리된 아담한 농가주택, 농지 (귤밭) 일괄 매매

◆ 거래유형: 매매

◆ 소재지역: 제주도 서귀포시 표선면 하천리 건물, 토지

◆ 연락처: 안심번호사용

◆ 면적정보: 총면적 681m2(206) 건물―대지 191 m2(57),
건물 60.15m2(17.5), 농지―488m2(147.8)

◆ 금액정보: 싯가

◆ 주택담보로 융자되어 있는 금액: 9,900만원
신용등급에 따라 다소 차이는 있겠지만 융자되어 있는 금액 승
계하실 경우 실거래가 1억 6천에도 가능할 것으로 예상합니다.

◆ 층수정보: 단층

◆ 실내정보: 사진 참조

◆ 입주가능일: 협의 후 즉시 가능
준공년도 2000년
부동산 고유번호 2243-1996-060880

11월 28일 일 상당구 음쓰감 표창패

꿈의 제목을 꿈이 불러줬다 과거는 페스티벌이었다
나는 그녀와 한방이었다 마드리드 시절의 그녀 미술 쪽
사람들이 싫은데 자꾸 그들과 엮인다 전날은 그저 덕담
이 허허껄껄 오가는 미팅이었다 밤이 되자 숙소에 룸메
이트가 돌아왔다 룸메의 요청으로 함께 안았으나 섹스
를 하진 않았다 모로 누워 팔을 벌려 안으며 룸메에게
도 신경을 써야겠구나 하는 약간의 자책감이 팔 안쪽
피하지방에 불현듯 흐르는 동안 다음 날이 됐는지 날이
훤했다 흠칫 놀라 음쓰 쪽을 바라본다 아직 시간은 있
다 냉장고 다이어트로 음쓰감 실천

　비 맞고 있는 재활용 쓰레기들

　긴 붉은빛의 기둥

　더불어 매달려 가는 용역원들

차를 타고 블리스버그 해변 Strand Blijburg까지 나갔다. S와 S가 손을 잡고 낮은 파도에 발을 적시며 산책하던 작은 모래밭. 주머니 속에는 손목 두 개가 있다. S는 지금도 S의 손을 잡고 있는 것이다. 손목은 검은 비닐에 들어 있다. 그는 사람들이 눈치채지 못하도록 최대한 센티멘털한 표정을 지으며 물 쪽으로 내려가 한참을 서 있었다. 비릿한 바람 냄새가 조금 지겹다 싶어질 때 그는 검은 비닐을 바다에 버린다.

11월 29일 월 '여행은 어땠니'의 녹음 세션

여행은 어땠니
혹시 지루하진 않았니
바람은 불었니
정류장에서 제대로
버스를 갈아탔니

니 집은 어디니
출렁이는 달빛 파도
넘어 네게 안겼니

여행은 어땠니
집으로 가는 먼 길

나나나나
나나나나
etc...

narration〉

기억나지 않는 곳에 눈동자, 혀를 묻고 고향이라 이름 붙였지 뒷모습을 보이긴 싫어 그림자를 거두어들여 사랑하지 않겠다던 너 그래 다신 하지 말아 사랑 같은 건 너무 우스워 길고도 아주 긴 다리를 건너고 있는 중이야 그 밑으론 강물이 흐르고…

우선 여기까지…
괜찮겠어?
조금 쉬었다 할래?

새벽을 보았니
너는 언제 거길 떠났니
여행은 어땠니
집으로 가는 먼 길

그래 나와서 들어봐.

뭐 좀 먹을까?

몇 시지?

강변역 테크노마트 33층 신비의 방문객들

갑자기 미몽에서 깨어난 기분이다.

지난 몇 년 동안 정말 허상을 좇았었다.

미워하는 것 자체가 허상이다.

다 내 문제였다.

내 자신이 아니었다.

그래서 힘겨웠다.

내 자신이 되는 길밖에는 없다.

아주 조금만이라도 나에게 다가가자.

11월 30일 화 너 사라지는 걸 남김없이 다 보고

1.

너 사라지는 걸 남김없이 다 보고 나니

결빙

이 거대한 야채 시장은 문득

모든 것의 엑스선 촬영

정착한다 비교적

게다가 토끼고양이풀

고양이과의 식물

낮엔 피고 밤엔 쏜다

2.

긴 여운
아직도 몸이 조금씩 떨려
평지인 줄 알았는데 미세하게 경사진
언덕을 내려오고 있는 중인가
아프리카의 고원처럼 절정은
절벽의 끝은 나도 모르게 다가와
두고 온 너로부터 비롯된 길고도 긴 여운
두고 나와 차마 문을 닫기 싫었던
너라는 까마득한 정점에서 비롯된
길고 부드러운 낭떠러지

3.

오늘 아침 바람
창문으로 들어온 바람이
창문으로 나가요
방 안의 물건과 기억들을 하나씩

둘씩

데리고 나가

방은 텅 비었어요

심지어 나마저도 없어요

바람은 창문으로 들어와

내 몸을 통과한 뒤

창문으로 나가요

내 몸의 덩어리와 흔적들을 하나씩

둘씩

데리고 나가

나는 텅 비었어요

심지어 방 안에도 없어요

이제 이 빈 곳은

아무것도

아무도 없으니

아무도 몰라요

오늘 아침 바람 끝에 달린 붓이

방 안에서 꿈꾸던 색깔들을 지우고

이제 이 빈 곳을

지난 바람이

창밖의 초록도 지우고

여름이 무척 길었고

초록은 짙어졌어요

초록이 어두워져 군복 같아질 때쯤

바람이 나서지 않았더라면

만날 수 있었을까

내가 당신을

밤의 돌 벤치에서 나눈 따뜻한 어둠

우울한 네온사인이 느리게 흔들려도

아랑곳없이 우리를 지켜주던 어둠

어두워서 다행이었죠

오늘 아침 분 바람은

아무것도 없고 아무도 모르는

나의 지나치게 작은 방

어제 먹어치운 쉬기 직전의 두부가 얹혀

속이 꽉 막혀

슬픔과 쓸쓸함이 어깨에 흐르는 한기로

쌓여 묵은 신문 더미처럼 분노를 머금고

오동나무 관 안에서 옴짝달싹 못 하는

산 시체가 되어 불행한 도시의 텃새들이 부르는

노래를 듣고 있을 때
모든 게 하얗게 칠해질 때까지
모든 것이 지워져 침묵할 때까지
모시적삼을 입고 너울거리는
오늘 아침 바람
당신이 텅 빈 내 몸을 통과할 때
어찌나 달콤한지
난 깨어 기다릴게요
더 더 더
달디달게 모든 걸 가루로 스러뜨리는
당신
바람을

4.

난 실패했어
오로지 시름시름하는
무늬여인초를 위해
날을 잡아 떠나야지

오늘은 손 없는 날
주인도 없는 날
아무도 없는 날

5.

빈벽위에
시를쓴다
시를써도
벽은빈벽

12월 그 후

약속 시각이 지났는데도 S는 집에 오지 않았다. S가 집 안을 헤맨다. 함께 외출해서 피셔-디스카우가 부르는 닮은꼴을 듣게 돼 들뜬 S는 집 안을 헤매다가 세면대 옆에서 S가 남겨놓은 쪽지를 발견했다.

당신이 나에게 집중하지 않고 주변 구조에만 집착하니까 우리 사이의 모든 결론을 당신은 늘 그런 식으로 내리는 거 아닌가요? 잘 모르지만 내가 하고 싶은 연애는 분석하고 정의하는 게 아니 건 분명해요. 당신이 모르겠으면 나도 모르죠. 알게 되면 말해줘요.

S는 혹시 몰라 절박한 희망 속에서 콘서트헤보우로 혼자 떠났다. 미리 와 있을지도 모르니까.

그렇게 오래전에, 기약 없는 설레임 속에서 예약해놓은 이 표들은 공연이 시작했을 지금도 S의 손에 들려 있다.

S는 표를 만져본다. 지금 발코니의 1e39와 그 옆, 두 자리는 비어 있겠지.

당신이라 부를 수 있는 마지막 날이겠죠.

가슴속에서 쓰는 편지의 첫머리로 이 말이 떠오르자 S는 전철 간에서 눈물이 쏟아지는 걸 참을 수 없다.

당신에게 편지를 쓰는 밤을 상상했었어요. 고요하게 앉아 오직 당신과 당신을 향한 내 마음만 생각하는 밤을요. 그런 상상만으로 가슴이 설레었어요.

이제 오열할 지경이 되어 S는 전철을 뛰쳐 내린다. 갈아타는 리네슈트라트Linnaeusstraat 역까지 세 정거장도 더 남았다.

S는 눈물범벅이 되어 블리스버그 해변 쪽으로 전속력으로 달리며 노래한다.

닮은꼴

(방랑자의 밤 노래 2)

요한 볼프강 폰 괴테 시(1780. 9. 6)

Johann Wolfgang von Goethe

프란츠 슈베르트 곡(1823) Franz Schubert OP. 96

No. 3, D. 768

모든 봉우리 너머

적막만이 감돌고

산꼭대기 위엔

기척 하나 없네

숲 속 새들도 침묵

어즈버 벗이여

그대 쉴 곳 찾으리

Ein Gleiches

(Wandrers Nachtlied II)

Über allen Gipfeln

Ist Ruh,

In allen Wipfeln

Spürest du

Kaum einen Hauch;

Die Vögelein schweigen im Walde.

Warte nur, balde

Ruhest du auch.

시인의 말

일정표 형식으로 시들을 엮는다. 일정표를 보는 시간이 시집 보는 시간보다 훨씬 많다.

인증키, 비밀번호, 승인 문자, 해시값, seed words, 이런 것들은 언어적으로 무의미하나 생활에서는 치명적일 만큼 중요하다. 시그널이 시어보다 절박하다.

사람은 기계어로 된 시그널을 감각할 수 없다. 단지 숫자, 문자, 소리, 색 등으로 변환하여 해독할 뿐이다.

시그널 시는 텍스트, 기호, 숫자와 링크들을 통해 드러나는 일련의 복합미디어적 과정이다. 시그널 시는 그저 표시된다. 기술되지 않는다.

　　이 일정표를 파일로 정리하여 온라인에 배포할 예정이다. 파일의 일부는 이더리움 블록체인으로 새겨진다.

　　1998년에 첫 시집 『쇼핑갔다 오십니까?』(문학과지성사)의 뒤표지에 "말의 여러 국면들을 보여주고 싶었다"고 쓴 바 있는데 여전히 그렇다.

모든 언어는 회색,
영원한 것은 저 푸른 생명의 리듬

최규승

현대 음율 속에서/ 순간 속에 보이는/ 너의 새로운
춤에/ 마음을 뺏긴다오/ 아름다운 불빛에/ 신비한
너의 눈은/ 잃지 않는 매력에/ 마음을 뺏긴다오/
리듬을 춰줘요/ 리듬을 춰줘요/ 멋이 넘쳐흘러요/
멈추지 말아줘요/ 리듬 속의 그 춤을 […] 춰봐

_신중현, 〈리듬 속의 그 춤을〉

행간이 가득 찰 때까지 살려보아요, '포렌식 포엠'

지금, 눈앞, 컴퓨터 화면을 바라본다. 깜박이는 커서
를 한쪽으로 밀어내고, 읽어 내려가는 이 문자들을 무
어라 해야 하나? 아니, 여기에서 무엇을 찾아내야 하나?

디지털 포렌식Digital Forensic으로 복구한 11월 한 달 동
안의 일기와 메모가 하루도 빠짐없이 빼곡히 복구되어
있다. 좀 더 정확히 말하면 빼곡하다기보다 층층이 겹
쳐 있다. 이 데이터는 과거 어느 11월뿐만 아니라, 올
해의 11월, 그리고 미래의 11월 일정이 복구된 상태다.
…1999년, 2004년, 2010년, 2021년, 2027년, 2032
년…

　미래를 복구했다는 말에 잠시, 고개를 갸웃할지도 모
른다. 하지만 우리는 많은 거짓을 진실처럼 말하지 않는
가. 아니면 그 반대이든지. 특히 시간에 관해서는 모든
것이 거짓이다. 동시에 진실이다. 이 글은 '지금'으로 시
작한다. 그러나 이 지금은 정말 지금인가? 어제의 일도
지금이 되고, 내일의 일도 지금이 된다. 시간의 눈을 가
진 사람은, 제 나름의 지금을 갖는다. 아무도 뺏을 수 없
는 자신의 지금.

　시는 지금의 언어 예술이다. 언어로써 언어를 넘어서
려는 것처럼, 지금으로써 지금을 넘어서려 한다. 11월
들의 여러 날이 레이어로 층층이 쌓여 있어도 결국, '지
금'으로 수렴되어 여기(이곳은 또 어디인가?), 시집『11
월』이 탄생한다/했다. 11월의 데이터를 하나도 빠짐없

이(이 또한 거짓일지도) 복구해, 눈앞에 들이민다. 복구된 데이터, 그러니까 포렌식 포엠Forensic Poem을 읽는다는 것은, 수많은 시제를 무화시키고 읽는 사람의 지금으로 레이어를 통합하는 행위다. 마치 포렌식으로 복구된 데이터에서 유의미한 (범죄) 사실을 재구성하듯이.

그럼, 『11월』의 시편들을 읽는 나는 수사관의 시점을 가져야 하는가? 이 포즈들을 어찌할 것인가! (어쩌긴 어째! 이러다가 자빠지게 돼!) 쓰러진 포즈들을 일으켜 세워 '빵'을 뜯자. 셔틀을 돌리든지. 그런데 '뜯다'와 '돌린다'는 이런 '의미'였던가? 아무튼 뜯고 씹고 돌리고 맛보는 것들이 의미라면 시는 재구성되어야 한다. 범죄 현장에 범인이 다시 나타나듯이, 범인은, 시인은 나타남으로써, 존재함으로써 범죄를, 시를 시인한다.

S에 관해 쓰려 한다
S는 여럿이다
S에 관해 쓰는 나도 여럿이다
S는 존재이자 관념이고 행동이다
S는 S와 닮은꼴인 S와 S하는 S다
11월 1일에 S를 만났다

S는 전갈좌의 여인 또는 전갈

S는 산양좌의 남자 또는 산양

S는 발레리노 또는 동그라미

S는 거울 속의 S를 사랑하는 S

S가 작대기를 쥐고 만 년 전으로부터 내려온다

S가 캘린더 모양으로 네모나게 증식한다

S와의 약속 약속들 S가 배회하다 S가 된다

그날의 S는 상처 입은 독수리

S는 S와 S를 했다

S는 S를 S했다

S와 11월은 동격이다

S는 S를 예약한다 S는 예약제다

_「11월 5일 금 S diary 1」전문

　시를 읽다 보면 행간에서 눈을 뗄 수 없을 때가 있다. 거기에 우주로 확장하는 공간이 존재하고 그 공간을 마치 타임워퍼 되어 오가는 것처럼 몸(아니 마음, 아니 생각)이 쑥 빨려들 때가 있다. 그곳을 통과하면서 발견한, 투명한 연결관 바깥에 널린 수많은 언어들, 버려진 그것들, 말하자면 데이터 스모그 같은 것들.

시는 더 이상 지울 수 없는 언어의 결정 같은 것이라고 했던가? 정말 그런가? 시인이 썼다가 지워버린 것은 행간 속으로 들어가 하얗게 또는 거멓게 지워진다. 시 아닌 것을 지웠다고들 한다. 지우고 남은 것은 정말 시인가? 마침표도 쉼표도 없는 백지가 시의 결정인가? 결정은 무엇을 결정하는가? 다시 이 모든 의문을 쓸데없는 것으로 돌리고(서틀?) '시는 결정이 될 수 없음'을 결정하자. 나의 시점으로 '지금'에 모든 것을 모아. 아무튼,

꼭지점 A에서 그어진 자취와 B에서 그어진 자취가 시간의 꼭짓점 C에서 만난다고 가정하자. 그러면 새로운 꼭짓점 D가 되는걸. 둥그렇게 우릴 감싸는 비 때문에 비밀이 된 이 하얀 문의 목격자를 찾으면 돼. 그 속에서 S들은 그 둥그란 D를 입속에 넣고 주고받는다. 서로의 과일은 빨갛게 달아오른다. […] 시간의 꼭짓점 B에서 S가 일으킨 사건들이 있다. S의 꼭짓점 A와 S의 꼭짓점 B는 모종의 관계가 있을 것이다. B 지점에서 S에게 문신된 어여쁜 고래가 뇌하수체 깊숙한 곳에서 울고 있다. S는 잘못했다. 그러나 S는 잘못한 것일까? 그때는 그런 나이라고 S에게 말한다면?

_「11월 16일 화 새벽 네 시 육 분」 부분

S가 누구인지 나는 궁금하다. S는 S의 연인이거나 거울 속 S의 좌우 반전된 S이거나, S 속의 또 다른 S, 아니마Anima나 아니무스Animus일지도 모른다. 아니면, 이 모든 것이 하나인, 복구된 이런저런 S이거나. S는 "그 방에 남긴 유일한 흔적"이며, "뒤도 안 보고 사막으로" 가고, "잠든 채 눈을 뜨고 있는 가느다란 희망을 보"(「11월 24일 수 컴퓨터 크리에이션 3 보강 공지」)기도 한다.

시를 어려워하는 독자에게 흔히, 행간에 지워진 것(이야기든, 이미지든)을 되살려 시를 읽어보라고들 한다. 그리하여 나는 행간을 헤집고 이으며 S와 S의 행적을 계속 쫓는다. S가 S에게 보낸 메일도 열어본다. "나는 뛸 듯이 기쁘면서 동시에 이상한 낭패감으로 죽어버리고 싶어. 솔직히 니가 하는 속도 조절의 참뜻을 모르겠어." S는 S에게 답 메일을 보낸다. "아, 내 사랑, 의젓한 당신, 미안해요, 나 당신 사랑하나 봐요, […] 너무 늦은 거죠? 하지만 저 돌아갈게요. […] 웃어요, 즐겁게, 오늘 밤, 이제부터, 계속, 앞으로도, 잘할게요, 진짜, 나."(「11월 26일 금 S 메일들」)

한때, 좋았던 시절, S와 S가 가입했을 법한 '슈베르트를 후원한 모임'에도 가본다. "알콩달콩 기쁨을 나누며/

사랑의 화살을 쏘는/ 우리의 사연// 짜릿하게 쏘였어/ 저 ☆들에 우린/ [⋯] / ☆들이 입을 맞추네/ ☆들이 사랑을 나누네/ 아하 아하 높은 곳에서/ ☆들이 쏟아져 내려/ 닮은꼴 ☆들 우리는/ 투명하게 고인 사랑의 샘물/ 은하수를 마시네"(「11월 27일 토 ☆혜는 밤 슈베르티아데」). 이 무슨 '꿈☆은 이루어진다'는, '☆을 보며 길을 찾던 시절'의 이야기인가. 점입가경, 갈수록 알쏭달쏭.

이렇듯, 대체로 '알콩달콩'한 S와 S는 결국, "차를 타고 블리스버그 해변 Strand Blijburg까지 나갔다. S와 S가 손을 잡고 낮은 파도에 발을 적시며 산책하던 작은 모래밭. 주머니 속에는 손목 두 개가 있다. S는 지금도 S의 손을 잡고 있는 것이다. 손목은 검은 비닐에 들어 있다. [⋯] 비릿한 바람 냄새가 조금 지겹다 싫어질 때 그는 검은 비닐을 바다에 버린다."(「11월 28일 일 상당구 음쓰감 표창패」) 아, '그'라니! 결국 S는 S를 모르고, S도 S를 모른다. S가 하는 S는 S에게 어떤 S도 불러일으키지 못한다. S는 S에게 그냥 S이고 S할 뿐. "갑자기 미몽에서 깨어난" 나/그는, "지난 몇 년 동안 정말 허상을 좋았었다./ 미워하는 것 자체가 허상"(「11월 29일 월 '여행은 어땠니'의 녹음 세션」)임을 깨닫는다. 그리하여,

　　빈벽위에

　　시를쓴다

　　시를써도

　　벽은빈벽

　　_「11월 30일 화 너 사라지는 걸 남김없이 다 보고」 부분

　　『11월』을 읽는 독자는 복구된 '포렌식 시편들' 속에서 과연 어떤 의미를 발견할까? 그렇게 발견한 의미를, 수사搜査/修辭적으로 유의미한 문장을 그러모아 익숙한 시편들로 정제할지도 모른다. 하지만 그것은 미래의 과거형 문장이라는 특별함을 지워버린 데이터 복구 이전의 깔끔한 일정 정리, 시적으로 말하자면 전통 서정시일 뿐이다. 마치, 미술관을 벗어나 폐쇄된 하수종말처리장이나 명절 전날의 시장통에 전시된 전통 풍경화를 구입해 집에 거는 것과 같다(비유가 숨차니, 반감되는 효과!).

　　아니면 피시political correctness한 시이거나 아포리아 같은 것. 정치적으로 올바른 것이 있나? 있었나? 있을까? 정치는 권력을 지향한다. 권력 때문이라는 이유와 권력이 없어서라는 핑계. 그러니, 올바름은 올바르지 않은 것과 섞여 있을 때만 올바르다. 때 묻은 올바름, 구별

할 수 없는 자기 확신. 시는 올바른가? 올바른 것이 시인가? 올바르면 시가 되는가? 물을 수 없는 것이 아니라, 물을 사람이 없다. 하여, 결국, 마침내, 바야흐로 묻는 사람도 없다. 아포리아 역시, 그럴듯한 삶의 깨달음이나 지침 같지만, 사실은 전혀 도움이 되지 않는다. 내 삶이 비루하다는 것을 증명할 뿐, 소위 '힐링'은 넘치지만, 치유는 전혀 이루어지지 않는.

한편, '지울 수 없을 때까지 지울 것'이라는 시 작법의 강박으로 오늘도 불철주야 시를 다듬고 조탁하고 퇴고하는 시인들에게 『11월』은 무엇이라도 의미를 가져다 주는가? 그럴지도 모른다. 그 무엇이 혹시, 아무것도 의미하지 않는 것일지도 모르겠고. 의미는 없고, 다른 어떤 것이 충만한, 출렁이는.

행간이 흔들릴 때까지 찾아봐요, "삐가는 리듬"을

지우고 지워 더 이상 지울 수 없는 것이 시라고 한다면, 지우고 지운 것을 되살린 시도 가능하다. 이때 시는 데이터를 복구하는 행위로 자신의 영역을 확장한다.

시 아닌 것이라고 생각했던 것을 복구해 시가 되게 하
는 것. 이르자면, 민트급Mint Condition의 시. 거의 처음 상
태Newly minted의 시. 데이터 스모그나 백색 소음, 노이즈,
낙서 같은 것들이 언어가 되고, 음악이 되고, 그림이 되
듯이.

  약속 시각이 지났는데도 S는 집에 오지 않았다. S가 집 안
  을 헤맨다. 함께 외출해서 피셔-디스카우가 부르는 닮은
  꼴을 듣게 돼 들뜬 S는 집 안을 헤매다가 […] S는 눈물범
  벅이 되어 블리스버그 해변 쪽으로 전속력으로 달리며 노
  래한다.

  _「12월 그 후」 부분

  S가 "눈물범벅이 되어" "노래한" 곡은, 〈방랑자의
밤 노래 2Wanderers Nachtlied Ⅱ〉다. 괴테의 시 「닮은꼴Ein
Gleiches」에 슈베르트가 곡을 붙인 노래. 괴테는 「방랑자
의 밤 노래Wanderers Nachtlied」라는 시를 쓴 뒤, 같은 제목
의 다른 시를 쓰고 'Ein Gleiches'라는 제목을 붙였다.
후대 사람들이 이를 구분하기 위해 「방랑자의 밤 노래
1」 「방랑자의 밤 노래 2」라고 했지만, 괴테는 1, 2로 이

들 시를 구분하지 않았고 「방랑자의 밤 노래」 「닮은꼴 Ein Gleiches」로만 명명했다. 일설에 의하면, 그는 슈베르트가 자신의 시에 곡을 붙인 것을 못마땅해했다고 한다. 원래 시의 리듬이 아니라는 이유로. 아무튼, 두 시가 '닮은꼴'이란 의미는, 제목뿐만 아니라 그 정서와 리듬이 같다는 것일지도 모르겠다. 추측은, 또 그것이 어느 순간 진실이 되기도 하니까.

『11월』에서 S와 S의 모티브가 된 이 시, 또는 노래는 결국, 의미보다는 리듬에 있다고 할 수 있다. S로 시작하는 모든 동사, 노래하고 미안해하고 섹스하고 부끄러워하고 봉사하고… S와 S는 한시도 가만히 있지 않고 『11월』에 S한다. 어떤 리듬은 춤추고 어떤 리듬은 노래하고 또 어떤 리듬은 시한다.

현대시에서 리듬은 간과되기 쉽다. 하지만 리듬만큼 현대시를 시답게 하는 것은 없다. 흔히, 외형률과 내재율로써 근대 이전과 이후의 시를 구분하지만, 사실 근대 이전의 시는 시가 아닌, 노래였다. 시조창[1]이 없으면 시조가 무슨 의미가 있겠는가? 내재율이라는 말은, 리듬

---

1) 시조(時調)는 '詩調'가 아니라, '時節歌調'의 줄인 말로, 그 당시의 'K-pop'인 셈이다.

이 시 안에 있어서 드러나지 않는다는 의미가 아니다. 근대 이후 개인의 탄생으로 비로소 몸은 자신의 것이 된다. 그러므로 시조창처럼 미리 정해진, 세상이 정해준 멜로디에 맞춰 노래하는, 즉 외형률이 아니라, 개인의 몸 안에 있는 리듬이 시를 통해 밖으로 표출된다는 의미로서 내재율이다.

　현대에 쓰인 시가 모두 현대시가 아닌 것은, 리듬 때문이다. 사회가 정해준 리듬, 공동체의 소통에 부합하는 리듬이 돋보이는 시, '힐링'과 아포리아, 정치적 올바름이라는 리듬에 맞춰 쓰인 모든 시는 '아름다운 전통'이라는 내용과 '비동시성의 동시성'이라는 형식이 찰떡궁합이 된 '흘러간 옛 노래'일 뿐이다.

심홍색 안타레스 600광년

minted

https://zora.co/0x963b750C574a0a054a3A19440f6719
6D8183eebA

Graphic Poem "은하 Mademoiselle Galaxy", 1st Copy of the
1st Edition, written by Kiwan Sung aka Kumba, designed

by Soo Kyung Lee. Korean and English translated version graphically hybrid. #성기완 #kiwansung #kumba #은하 #mademoisellegalaxy #이수경 #sookyunglee

MademoiselleGalaxy1stEdition1_5ⒸKiwanSung

You are about to release "MademoiselleGalaxy1stEdition1_5 ⒸKiwanSung" to the world.

Every time it is sold, you will receive 20% of the sale price.

Once it is published, you will not be able to update any of the details you've provided.

_「11월 11일 목 은하 銀河」 부분

　　「11월 11일 목 은하 銀河」의 앞에 나오는 이 부분을 읽으면 의외로 리듬이 살아난다. 미리 이 부분을 녹음하고 반복 재생하면서 ('루프 스테이션'이 있으면 좋으련만) 나머지 부분, "은하 銀河// 은하는 너의 이름이다/ 또는 낡은 아파트의 이름이다 […]"를 읽어 내려가면 마치 스모그 위를 걷는, 노이즈 위에 얹힌 두 리듬이 만난다. 텔레만의 〈비올라 협주곡 G장조〉에서 하프시코드의 통주저음 위에서 출렁이는 비올라 선율처럼.

　　리듬은 반복한다. 시인의 세상은 리듬으로 이루어져

있다. 과학자의 세상이 원자로 이루어져 있고, 수학자
의 세상이 수로 이루어져 있듯이. 시의 문장이 입자라면
리듬은 파동 같은 것. 입자이면서 파동인, 하지만 입자
와 파동을 동시에 볼 수 없는, 입자이고자 하나 파동이
고 파동이고자 해도 입자인. 의미 없이 흥을 돋우는, '어
긔야어강됴리아으다롱디리' '얄리얄리얄라셩얄라리얄
라' '위덩더둥셩' '지국총지국총어사와'처럼 입자(문장/
의미)를 접어두면, 보이는 것이 시의 리듬이다. 그래서 리
듬만으로 시를 읽는 것은 '불멍'이나 '물멍'보다 훨씬 효
과가 큰 '멍때림'이다. 어떤 의미도 생각지 않고 『11월』
을 통째로 심드렁하게 읽어 내려가면 몇 시간 동안은
'리듬의 멍때림'을 경험할 수 있다.

　리듬의 반복 주기는 상대적으로 길고, 상대적으로 짧
다. 하루, 한 달, 일 년, 봄여름가을겨울처럼. 같은 구조
의 연이 네 개로 구성된 시는 계절과 닮은꼴이고, 수미
상관의 시는 일 년의 주기와 연관된 리듬을 갖는다. 각
운이 맞는 시, 라임을 맞춘 시는 홀수와 짝수, 3의 배수
의 리듬과 연결된다. 리듬은 피보나치 수열이나 개미 수
열처럼 층층이 쌓여가기도 하고, 원주율처럼 끝없이 연
기되기도 한다.

현대시의 리듬은 이와 같은 리듬 주기에 더해 복잡하게 반복된다. 『11월』은 구성으로 볼 때, 시집의 전체 시편이 한 달 주기의 리듬 구조이다. 그 안에는 일주일의 리듬이 4개의 층으로 쌓여 있고, 하루의 리듬이 7개 모여 일주일을 이룬다. 형식적으로는 이렇듯 기본적 구조를 이루고 있지만 개별 시편들인 하루의 리듬은 다양한 노이즈와 스크래치, 데이터 스모그로 인해 단순 반복되지 않고 불규칙한 리듬을 이룬다. 해시태그, 링크, 악상기호, 타임라인, 데이터 정보, QR코드… 심지어 오타까지. 아래 인용한 시에서 생략된 부분은 인용한 부분에 불규칙한 리듬을 가져다준다.

꿈은 한 번만 사용하는 숫자

내 소관이 아니니

[…]

이건 사랑이 아니죠?

당신이 제게 주신

쓸쓸함

쌩뚱맞은 나의 눈물쑈

시인에게 쑈는 어느 순간 현실이 되고

과잉의 상태는 순수한 불꽃이 된다

[…]

불꽃이 니 삶에 번져 들불이 될 것을

라마냐에서 밤차를 타고 온

전갈좌의 여인

점심때가 되어 S는 시장기를 느꼈다. […] 라마냐 […] 거기서 처음 S를 만났다.

_「11월 3일 수 레이어-2 블록체인 불가지론 유동선 프로토콜」 부분

근대 이후, 개인(시인)의 탄생으로, 시의 리듬은 어머니의 리듬이 된다. 여자에게서 여자에게로 전해지는 리듬. (남자)아이에게도 전해지나 '아버지 죽이기'에서 '아버지 되기'로 돌아서는 순간, 아이의 몸에서 어머니의 리듬은 소멸한다. 권력 질서, 그 지향을 리듬이라고 우기는 시도 있지만 시는, 현대시는 권력에 파열을 낼 뿐 권력과 무관하다. 대항 권력이나 대안 권력이 아니라 권력으로부터 도주하는 것이 시의 속성이다.

시는 여성성이고 어머니의 리듬이다. 생물학적 남자인 시인은 자기 안의 여성성(아니마적 리듬)으로 시를 쓴다. '시인은 시를 쓸 때 비로소 시인이 된다'는 말은, 생

물학적인 남녀를 불문하고 시를 쓸 때 여성이 된다는 것이다. 남자도 여자가 되는 순간, 그때가 남자 시인에게는 '시의 순간'이다. 자기 안에 꼭꼭 숨어 있는, 꽁꽁 묶여 있는 리듬을 불러와 그 고통을 감내하며, 상처를 받아 적는 행위. 그럼에도 솟구치는 희열. 상처가 덧날 것을 알면서도 거기에 자꾸 손이 가는 행위를 시라 할 수 있지 않을까? 이럴 때 시는 남성적 포즈조차 여성적이다.

바다야바다야바다야
푸르르게 넓은 멍
하늘도 바다도
푸르르게 넓은 멍
지워져가
시간이 흐르고
지워질 만큼의 멍
아프다 말겠지
잠에 빠져서
꿈을 꾼다
꿈속에서 나는 명곡을 쓴다

끝도 없이

소리가 다가오는 순간 노래로 변신한다

[…]

S는 미래에서 왔다 S의 미래는 그러므로

과거에 새겨져 있다

_「11월 6일 토 Flight to 제주 7C 121」 부분

말하지 못했던 말할 수 없었던 말, 언어가 아닌 언어 이전의 언어, 언어 너머의 언어가 불쑥불쑥 튀어나와 리듬을 타고 말이 되고 문장이 된다. 무의식 저 밑에 깔려 있던 숨죽이고 있던 그때 거기의 이야기. 디지털 시대의 무의식은 덮어쓰기로 사라진 데이터와 같다. 층층이 사라진 데이터가 디지털 포렌식으로 복구되듯 시는 세상의 리듬이 시인의 몸을 필터로 삼아 그곳을 통과해 우리 눈앞에 펼쳐진다. 그러면 또 다른 몸인 독자는 자신의 리듬으로 펼쳐진 시를 접어 자신의 몸 안에 들인다. 리듬은 계속 변주된다.

모든 소리를 쓸어 담는다. 이명조차 예외일 수 없다. '솨아솨아' '쯔르르찌르르' 이명 사이, 리듬으로 출렁이는 소리들, 말들, 언어들. 사실 출렁이는 것은 소리가 아

니라 말이 아니라 언어가 아니라 내 몸이다. 흔들리지
않는 삶이 얼마나 불행한지 시는 알고 있다. 소리를 걷
어내고 출렁이는 몸을 본다. 통주저음만 남은 음악처럼
수없이, 끝없이 흔들린다. 출렁댄다.

　반복과 출렁거림, 리듬은 시작도 없고 끝도 없다. 거
기에 인위적인 표시를 함으로써 리듬의 시작과 끝을 만
든다. 달세뇨, 세뇨, 피네에 따라 리듬은 뭉턱 한 부분이
잘려 마무리된다. 하지만 여전한 것은 리듬, 어머니에게
서 어머니에게로 이어지는 반복과 출렁거림이다. 이때
반복은 리듬이 모인 '리듬 뭉치'가 아니라, 시작에 다가
가는$(\lim. \to 0)$, 무한에 다가가는$(\lim. \to \infty)$ 반복하는 하
나의 리듬, 하나밖에 없는 리듬이다. 모든 언어는 빛바
래고 영원한 것은 푸른 생명의 리듬, 성기완의 『11월』
은 '지금, 여기'에서 리듬으로 리듬하는 리듬이다. 가지
를 떠난 낙엽처럼 때로는 빠르고 때로는 천천하다.

성기완 시인이
펴낸 책들

- 시집

『쇼핑갔다 오십니까?』, 문학과지성사, 1998.
『유리 이야기』, 문학과지성사, 2003.
『당신의 텍스트』, 문학과지성사, 2008.
『르』, 민음사, 2012.

- 산문집

『재즈를 찾아서』, 문학과지성사, 1996.
『장밋빛 도살장 풍경』, 문학동네, 2002.
『영화음악: 현실보다 깊은 소리』, 한나래, 2003.
『홍대 앞 새벽 세 시_성기완의 인디문화 리믹스』, 사문난적, 2009.
『모듈』, 문학과지성사, 2012.
『노래는 허공에 거는 덧없는 주문_성기완의 노랫말 얄라셩』, 꿈꾼
문고, 2017.

11월

성기완 시집

발행일   2021년 11월 29일
발행인   이인성
발행처   사단법인 문학실험실
등록일   2015년 5월 14일
등록번호 제300-2015-85호

주소   서울 종로구 혜화로 47 한려빌딩 302호
전화   02-765-9682
팩스   02-766-9682
전자우편 munhak@silhum.or.kr
홈페이지 www.silhum.or.kr

디자인   김은희
인쇄   아르텍

ⓒ성기완
ISBN 979-11-970854-7-5 03810
값 10,000원